I tascabili

Il nostro indirizzo internet è:
http://www.frillieditori.com
info@frillieditori.com

EDITING E IMPAGINAZIONE
MICHELA VOLPE

Via Priaruggia 31/1, Genova – Tel. 010.3074224; 010.3772846

ISBN 978-88-7563-792-7

Dario Crapanzano

IL GIALLO DI VIA TADINO

Milano, 1950

FRATELLI FRILLI EDITORI

1

Il 2 marzo 1950, giovedì, alle ore 19.50 circa, tutto era tranquillo, nella vecchia casa milanese di ringhiera di via Tadino 17/a, a Porta Venezia. Una debole luce filtrava dai vetri delle seconde porte e dalle finestre dei molti appartamenti che si affacciavano sul cortile, distribuiti sui quattro piani dello stabile. Quasi nessuno aveva ancora chiuso la porta principale, quella in legno massiccio, che rimaneva aperta fino all'ora del sonno.

La gente stava consumando il pasto della sera o, nella maggior parte dei casi, lo aveva già terminato. Lì si mangiava presto, sia per una tradizione dura a morire che veniva dalle origini contadine dei più, sia perché la mattina tutti andavano a lavorare di buon'ora. Operai, artigiani o negozianti, finito il pasto, si coricavano subito dopo un po' di radio o una lettura più approfondita della "Gazzetta dello Sport". La mattina, fra le sei e le sei e mezzo, suonavano le sveglie. E dopo un caffè o un caffellatte, via verso il lavoro in tram, in bicicletta o in moto, per quei pochi che la possedevano, portando con sé l'immancabile "schiscèta", il classico contenitore in alluminio con dentro già pronto il pasto di mezzogiorno, solitamente una frittata, un po' di minestra, o semplicemente pane, salame o formaggio. A casa rimanevano solo le donne che, dopo aver preparato i figli per la scuola, si dedicavano alle faccende domestiche. Poche, infatti, avevano un lavoro fisso che le impegnava per tutta la giornata.

Il cortile era buio, sfiorato solo indirettamente e debolmente dalle luci delle abitazioni. Unica eccezione, il fiotto luminoso che usciva dalla porta del retro del caffè-tabaccheria. Una pioggia insistente e fredda batteva sull'acciottolato, formando piccole pozzanghere e rigagnoli. Due moto erano parcheggiate sotto il ballatoio del primo piano, al riparo dalla pioggia. Fuori, non c'era nessuno, anche la portinaia era barricata nella sua ampia guardiola con vetrata a piano terra.

All'improvviso, la sonnacchiosa quiete della sera fu violentemente scossa da un grido, un disperato urlo di donna, un agghiacciante e prolungato "noooo!", subito seguito dal fragore di un tremendo tonfo. Il tabaccaio, sentiti sia il grido sia il tonfo, uscì dalla porta del suo retro e si trovò di fronte all'orribile spettacolo di un corpo di donna, immobile e scomposto in modo innaturale, disteso sui ciottoli tondi bagnati dalla pioggia che costituivano la pavimentazione del cortile.

2

Il commissario di Pubblica Sicurezza Mario Arrigoni, compatibilmente con le esigenze del mestiere, cercava di mantenere le sue buone abitudini. Come quella di non rincasare troppo tardi, finito il lavoro. Infatti, anche quella fredda sera di inizio marzo, verso le 19.00, stava uscendo dal Commissariato Porta Venezia, a due passi da corso Buenos Aires.

Lo dirigeva ormai da quasi quattro anni. Milanese, nato esattamente all'inizio del secolo, sotto il segno del Capricorno, figlio unico di famiglia modesta, si era diplomato al liceo e, dopo un paio d'anni passati senza entusiasmo come impiegato in una compagnia di assicurazioni, aveva coronato il suo sogno di entrare in Polizia. Vinto un concorso, ci era riuscito proprio nel 1922, in concomitanza con la conquista del potere dal parte dei fascisti e di Benito Mussolini. Contemporaneamente, si era iscritto alla facoltà di giurisprudenza dove, passando le serate e le notti sui libri, si era laureato dopo soli cinque anni. Aveva fatto tutta la trafila prevista dalla carriera nel Corpo, sempre prestando servizio a Milano, tranne una breve parentesi a Brescia, diventando prima ispettore, poi commissario e finalmente commissario capo al Porta Venezia. Passando attraverso la dittatura, la guerra, la monarchia, la repubblica, e il primo dopoguerra. Negli anni del fascismo, era riuscito a mantenere un rapporto "neutrale" con il regime, nonostante la fama di Corpo fedele al duce di cui godeva la Polizia.

A dire il vero, durante il periodo della Repubblica di Salò, il suo atteggiamento decisamente poco favorevole ai nazifascisti lo aveva messo in difficoltà, emarginandolo da ruoli direttivi e mettendone anche a rischio la libertà, se non l'incolumità, personale. Salvato da provvidenziali interventi dei superiori, ebbe poi un pieno reintegro nelle sue funzioni con l'avvento della democrazia che causò, invece, non poche noie ai più collaborazionisti fra i suoi colleghi.

Si accorse che pioveva forte e rientrò a prendere il suo fido ombrello nero. Così, protetto dalla pioggia, si incamminò verso la fermata del tram all'angolo fra corso Buenos Aires e viale Tunisia. Viale che lui si ostinava a chiamare Regina Elena, non per nostalgia filomonarchica, ma per un fatto puramente affettivo, legato ai ricordi del passato. Qui, attese l'arrivo del "suo" tram, il 17, che in poche fermate lo avrebbe portato in piazzale Durante, a pochi passi da casa sua. Abitava in piazza San Materno, proprio a fianco della chiesa di Santa Maria Bianca della Misericordia, più nota come "Abbazia del Casoretto", dal nome dell'antico borgo in cui era sorta nella seconda metà del 1100.

Preso il tram, dopo poco più di un quarto d'ora già stava aprendo la porta del suo appartamento: tre locali, più un bagno e un'ampia cucina, al primo piano di uno stabile costruito all'inizio degli anni Trenta, decoroso ma niente più, tant'è vero che non c'era nemmeno l'ascensore.

Accolto da un bel tepore, particolarmente gradito dopo il freddo e la pioggia patiti fuori, si inoltrò lungo l'anticamera.

– Ciao, belle donne, – fu l'abituale saluto con il quale annunciava il suo arrivo, rivolgendosi alla moglie Lucia e alla figlia Claudia.

La moglie, trentanove anni, era proprio una gran bella donna. A un ovale e lineamenti perfetti del viso, illuminati da due splendidi occhi azzurri, si aggiungeva una figura alta e slanciata che ancora faceva voltare gli uomini quando camminava per la strada. Una straordinaria bellezza che, in gioventù, aveva portato Lucia Ravetti al titolo di "Miss Commessa Milano", cioè la più bella commessa della città. La bellezza, unita a un portamento naturalmente elegante, l'aveva in seguito indirizzata verso la professione di indossatrice (*mannequin*, alla francese, come si diceva allora), che aveva esercitato con successo, fino a diventare una delle più apprezzate e richieste professioniste non solo per le sfilate organizzate dalle sartorie di Milano e della Lombardia, ma anche di Roma e Firenze.

L'avvenenza della moglie, pur se non sfacciatamente esibita, era sempre motivo di un notevole, anche se non espresso, stupore per tutti coloro che facevano conoscenza della coppia. Come marito di una donna così affascinante ti saresti aspettato un tipo alla Clark Gable o, volendo restare in Italia, almeno alla Amedeo Nazzari. Mentre, a dire il vero, Mario Arrigoni non era proprio un gran bell'uomo. Di oltre dieci anni più vecchio della moglie, fisico tozzo e massiccio (da qui il soprannome di "Orso" con cui era clandestinamente ma affettuosamente chiamato in commissariato), viso largo da mastino, caratterizzato da un naso importante e un folto paio di baffi, ormai grigi come i capelli arruffati e scomposti... insomma, tutt'altro che il tipo del *tombeur de femmes*. Si salvavano solo gli occhi, castani, dolci ma molto espressivi e penetranti.

Intorno al 1938, aveva conosciuto Lucia Ravetti al Caffè Roseto* di corso Buenos Aires angolo Regina Elena, dove lavorava come cassiera, dopo aver lasciato per motivi personali la professione di indossatrice. La conoscenza si era casualmente rinverdita in commissariato, dove lei si era recata per denunciare il furto della sua bicicletta. All'epoca, non ancora trentenne, Lucia stava attraversando un momento

* Il termine bar ancora non usava, si sarebbe affermato molto più tardi.

molto difficile, reduce da una forte delusione amorosa che l'aveva anche portata ad abbandonare il mondo della moda, non sentendosi più in grado di sostenere i ritmi forsennati richiesti dalla professione. La ferita, nonostante fosse passato più di un anno, era ancora troppo fresca e bruciante per essere dimenticata.

Le visite al commissariato per avere notizie sul furto della sua bicicletta (che non fu mai più ritrovata), unitamente alla assidua frequentazione del caffè da parte di Mario Arrigoni, all'epoca ispettore, avevano reso sempre meno superficiale la conoscenza fra i due. E Lucia aveva avuto modo, gradatamente, di apprezzare, oltre all'intelligenza, la dolcezza e la grande umanità che si nascondevano sotto i modi bruschi di Arrigoni. Questi, chiaramente invaghito della giovane donna, si era fatto coraggio, vincendo la sua timidezza, e, nonostante la sensibile differenza d'età e la forte soggezione in cui lo metteva la bellezza di Lucia, si era lanciato in un garbato quanto goffo corteggiamento. Era la prima volta che l'inesperto Mario Arrigoni si cimentava sul serio nell'assalto a una fortezza femminile! Qualche parola (e qualche caffè...) in più, divagazioni sui fatti del giorno, piccole confidenze sul piano personale, una strana quanto puntuale presenza di lui all'ora di chiusura del locale... un "ti accompagno a casa?" (sì, erano passati al tu) e il saluto finale davanti al portone dell'abitazione di Lucia, in via Felice Casati. Dopo qualche mese, si vedevano praticamente tutti i giorni, compresa la domenica, dedicata solitamente a un film o a uno spettacolo teatrale.

La bella Lucia, dopo un iniziale e comprensibile sconcerto, si era via via trovata sempre più a suo agio con quel già un po' stagionato scapolo, in un rapporto che, pur se non caratterizzato da una folle passione, per lo meno da parte di lei, si tramutò naturalmente in qualcosa di più intimo e affettuoso.

Tanto che non gli nascose nulla, gli raccontò tutta la sua vita, inclusa la storia sentimentale che gliel'aveva stravolta. Va detto che i due dovettero anche superare qualche momento di imbarazzo, dovuto ai rispettivi, e molto diversi, trascorsi amorosi; per Mario erano praticamente inesistenti, mentre Lucia aveva conosciuto tutti gli aspetti dell'amore, sesso incluso. Il che, per l'epoca, non era così usuale: nella coppia che si veniva formando i ruoli erano praticamente invertiti, e l'esperienza erotica tutta dalla parte... sbagliata, cioè quella della donna. Ma tutto ciò non rappresentò un problema per Arrigoni che, anzi, ci tenne a mantenere il rapporto entro i binari della più tradizionale castità prematrimoniale, quasi a voler deliberatamente ignorare gli eventi del passato.

Infine, si arrivò al fidanzamento ufficiale, con tanto di anello e la piena approvazione, oltre che della mamma di lui, la vedova Arrigoni, anche dei genitori Ravetti. Questi vedevano in quell'uomo gentile e intelligente un solido pilastro, un'ancora di salvataggio per l'esistenza della loro figlia che, fra l'altro, aveva raggiunto un'età in cui allora le donne ancora nubili venivano bollate con l'epiteto poco gratificante di zitella.

Il fatto che il promesso sposo della figlia avesse anche, oltre a un impiego sicuro e prestigioso, un appartamento di proprietà in zona Loreto, fece guadagnare ad Arrigoni altri punti nella considerazione dei futuri suoceri. Ma, ad evitare equivoci sull'atteggiamento favorevole dei Ravetti, va subito detto che i genitori di Lucia vedevano di buon occhio questo possibile matrimonio soprattutto perché si erano accorti che Lucia, finalmente, sembrava essere tornata alla vita, serena e rilassata, persino allegra.

Così, dopo un breve fidanzamento nel corso del quale i due si erano assiduamente frequentati in una Milano che, inebetita dalla retorica fascista, sentiva sempre più vicino l'arrivo di una possibile guerra, un anno dopo Mario e Lucia si sposavano nella chiesa di San Gregorio. Come d'uso, nella parrocchia della moglie, situata nell'omonima via all'angolo con la via Settala. Nel bel mezzo di una parte della città dalle molte reminiscenze manzoniane: a cominciare dal Lazzaretto, il ricovero e ospedale per lebbrosi citato nei *Promessi Sposi*. Al Lazzaretto, nel romanzo, prestava la sua opera umanitaria il buon fra' Cristoforo, e qui sarebbe morto tra grandi sofferenze il perfido don Rodrigo, persecutore della povera Lucia, in questo caso Mondella e non Ravetti. Non a caso, proprio a due passi dalla chiesa, partiva la via Lazzaretto che da piazza Cincinnato arrivava fino a via Vittorio Veneto, sotto i Bastioni di Porta Venezia

Dal matrimonio, circa un anno dopo, a guerra appena scoppiata, era nata Claudia. Che ora, a dieci anni, era una ragazzina vivace e intelligente, ma purtroppo non molto carina. Infatti, come voleva la tradizione popolare, aveva preso più dal padre che dalla madre: fisico brevilineo e viso anonimo (senza però il naso paterno!), fortunatamente ravvivato e impreziosito da due splendidi occhi azzurri come quelli della madre. "Speriamo che diventi più bella crescendo, o almeno 'un tipo'", pensava spesso il padre, che si rendeva conto, con forte senso di colpa, di essere l'unico responsabile della scarsa avvenenza della figlia.

Al "ciao belle donne" del padrone di casa rispose dalla cucina la voce di Lucia, intenta alla preparazione del pasto, che subito si affrettò a raggiungerlo accogliendolo con un forte abbraccio e un tenero bacio.

Queste calde e spontanee manifestazioni d'affetto, potremmo ormai dire d'amore, che Lucia non gli faceva mai mancare, davano una grande gioia al commissario che, a sua volta, ne era stato pian piano contagiato, fino a trasformarsi in un "orso" molto più comunicativo ed estroverso.

– Ciao, Mario, sei arrivato presto. Fra un quarto d'ora al massimo è pronto.

– Dov'è la piccola? Poteva almeno salutarmi!

– Sai com'è fatta, in questo periodo poi è particolarmente scontrosa. È in camera sua, sta incollando sull'album le figurine della raccolta degli animali. Dice che le serve anche per la scuola, impara a conoscere tutti gli animali della terra.

– Ma non l'ha ancora finita?

– Quasi, anche a lei, come a tutte le sue compagne, manca quel benedetto koala, non lo trova nessuno, chissà poi se ce l'hanno messo davvero fra le figurine che vendono... non si può continuare a comprare bustine, così è contento solo il giornalaio!

Mentre Lucia tornava alle sue operazioni ai fornelli e apparecchiava la tavola, il commissario andò lui a salutare la figlia che, circondata dal forte odore della coccoina, rispose distrattamente e senza il bacio che il papà, che l'adorava, si sarebbe aspettato. Da un po' di tempo, ormai in quinta elementare, si sentiva troppo "grande" per queste manifestazioni che definiva smancerie, pur amando in realtà moltissimo il padre.

Messosi comodo, in pullover e pantofole, Arrigoni ingannò l'attesa accendendo la radio e fu subito assalito dalle réclame che ormai impazzavano a tutte le ore, ma soprattutto prima dei pasti e del Giornale Radio, quando c'era una maggior concentrazione di ascoltatori. In quel momento venivano reclamizzati (nonostante la stagione ancora invernale) i Sali Tamerici di Montecatini, che almeno avevano il pregio di essere presentati da una bella e briosa canzone, *Mattinata fiorentina*. Solo a sentirla metteva allegria: "È primavera, svegliatevi bambine, alle Cascine Messer Aprile fa il rubacuor... E a tarda sera, madonne fiorentine, quante forcine si troveranno tra i prati in fior..." eccetera. Grazie alla pubblicità, la canzone aveva conosciuto una nuova ventata di popolarità, tanto che spesso la si sentiva canticchiare per le strade.

Finalmente arrivò il Giornale Radio, con le prime notizie sulla politica, fra cui spiccava l'annuncio di una prossima importante decisione che avrebbe preso il gabinetto di Alcide De Gasperi, di nuovo in carica dopo la recente crisi di governo: l'istituzione della Cassa del Mezzogiorno, destinata a promuovere e finanziare lo sviluppo del Sud, sempre in ritardo rispetto alla parte più avanzata del Paese. Il Giornale diede anche la buona notizia della conferma dello stanziamento di 290 milioni di dollari di aiuti ERP: una boccata d'aria per i conti e la ripresa dell'Italia. Ma, come al solito, non mancavano le cattive notizie: scioperi e scontri dei dimostranti con la Polizia, delitti, cruenti regolamenti di conti fra opposte fazioni politiche. Il Giornale Radio era lo specchio che rifletteva la situazione del Paese: da una parte l'inizio della ripresa economica, la buona volontà di molti per far rinascere un'Italia duramente provata dalla guerra, dall'altra la cronaca nera che, come in tutti i periodi postbellici, ogni giorno sfornava brutti episodi di violenza e di morte.

Arrigoni spense la radio, non voleva sentire altro. Il suo Paese stava vivendo un periodo molto difficile, e l'aspetto più evidente ne erano gli scioperi che si susseguivano senza tregua, coinvolgendo operai e contadini dal Nord al Sud. Scioperi che, purtroppo, avevano lasciato sul terreno decine e decine di morti nel solo anno 1949. E il 1950, proclamato anno santo da papa Pio XII, era iniziato nel modo peggiore, con sei persone decedute durante gli scontri fra dimostranti e Polizia, il 9 gennaio, a Modena, davanti alle Fonderie Orsi. Come rappresentante delle cosiddette "forze dell'ordine", Arrigoni si trovava nella delicata posizione di chi da un lato deve, appunto, far rispettare l'ordine, e dall'altro non può non partecipare, da buon figlio del popolo, alle giuste istanze di chi scende in strada protestando per avere una vita migliore. Per lo meno, era sempre riuscito a non essere in servizio durante questi scontri. La sua meritata fama di acuto e fortunato investigatore, maturata negli anni grazie a una lunga serie di successi, gli aveva dato una mano in questo senso. I suoi superiori si erano infatti convinti che era molto più proficuo e utile alla causa della Giustizia esentarlo da compiti di controllo o repressione poliziesca e impegnarlo solo nella caccia ai criminali.

Le sue riflessioni furono interrotte dallo squillante e trionfale "È in tavola!" della moglie, proprio quello che ci voleva per allontanare i brutti pensieri.

Ovviamente, si mangiava sempre in cucina, il tavolo della sala veniva imbandito solo quando c'erano, raramente, ospiti non appartenenti alla famiglia o durante le festività canoniche come Natale, Pasqua e Capodanno, oppure in occasione di qualche compleanno.

Il profumo che si sentiva nell'aria già faceva capire al suo sensibile olfatto quale sarebbe stato il menu della cena, ma Arrigoni proferì comunque il classico "Che c'è di buono questa sera?".

"Un piatto che adori, caro il mio commissario capo: carne e patate" fu la per lui scontata risposta della moglie.

– Come ce lo siamo sognato un piatto così durante la guerra, ora finalmente ogni tanto ce lo possiamo permettere, – fu il suo commento accomodandosi a tavola.

L'"ogni tanto" non era detto a caso. Nonostante la guerra fosse finita da quasi cinque anni e si intravedessero i primi segnali di ripresa, la situazione economica in Italia non si era ancora assestata. Come impiegato statale, il commissario poteva contare su un'entrata fissa e sicura, ma l'entità dello stipendio non era tale da consentire follie, pur garantendo una vita decorosa. La carne non si mangiava certo tutti i giorni, al massimo una o due volte la settimana, con la doverosa eccezione di qualche bistecca per la piccola, che aveva ancora bisogno di tante proteine. Piccola che raggiunse il resto della famiglia sistemandosi al suo posto a tavola, dopo un sonante "C'ho una fame stasera!...". L'attenzione alla linea, fortunatamente, non faceva ancora parte del suo modo di essere e di pensare...

"Carne e patate", come si chiamava in casa Arrigoni uno stufato di spezzatino di manzo, era forse il piatto preferito del commissario, con quei pezzi di carne che nuotavano in un delizioso sugo, dove le patate un po' sfatte e morbidissime si amalgamavano con il pomodoro... Subito, presto imitato da mamma e figlia, ne prese dalla zuppiera una abbondante porzione, cominciando a gustarla con l'accompagnamento di grandi pezzi di pane, intinti voluttuosamente nel sugo: non era un gesto raccomandato dal galateo, ma sai il piacere! Davanti al piatto, era già colmo un bel bicchiere di vino rosso (un Barbera dell'Oltrepò Pavese acquistato direttamente dal produttore) che avrebbe contrappuntato ed esaltato la degustazione della pietanza. Nel rispettoso e religioso silenzio dovuto alla celebrazione del pasto, i tre stavano giusto assaporando il secondo o terzo boccone quando squillò il telefono, strumento di comunicazione ormai indispensabile, soprattutto nella casa di un commissario di polizia. Rispose la moglie che, prima ancora di alzare la cornetta, già presagiva, per l'ormai lunga consuetudine con il mestiere del marito, che cosa significasse una chiamata a quell'ora di sera. Infatti, pochi secondi dopo il suo rassegnato "pronto", disse rivolta al marito:

– Mario, è per te, è Mastrantonio.

Salvatore Mastrantonio era il vice di Arrigoni e se telefonava a quell'ora non era certo per augurare buon appetito, visti anche i non idilliaci rapporti che correvano fra i due. Il commissario, lasciando il piatto con uno sguardo pieno di rimpianto, si alzò, già certo dell'arrivo di grosse rogne.

– Pronto, mi dica Mastrantonio... sì, ho capito... ma si figuri, ha fatto benissimo a chiamarmi, vengo subito... no, prendo il tram, faccio prima e poi ci siete già lì voi. Mi raccomando, non faccia toccare niente a nessuno. Ha chiamato quelli della Scientifica?... Bene, ci vediamo tra poco.

E poi, rivolto alla moglie:

– Devo andare subito in via Tadino, pare che una si sia buttata dal quarto piano. Mi rivesto ed esco, voi continuate tranquille la vostra cena. Ma prima... mi voglio mangiare almeno un altro boccone, a costo di strozzarmi!

E, detto fatto, ingoiata una bella porzione di carne patate sugo e pane, innaffiata da una sorsata di vino, si diresse verso la camera per rivestire i panni "da commissario", scarpe e soprascarpe comprese, visto che continuava a piovere.

– Ti tengo in caldo il piatto? – chiese la moglie.

– No, no, lascia stare, chissà a che ora torno. Piuttosto, ricordati di mettere tanto carbone nella stufa, così quando arrivo trovo ancora un bel calduccio...

L'appartamento aveva infatti il riscaldamento autonomo ed era alimentato da una grande stufa a legna e carbone piazzata in fondo al corridoio dell'anticamera. Da lì, partiva il calore che arrivava ai caloriferi nelle varie stanze della casa. Per la notte, era buona abitudine riempire la stufa con carbone, antracite o carbon coke, in modo da mantenere vivo a lungo un leggero, costante focherello e conseguentemente un buon tepore. Con l'ulteriore vantaggio di non avere troppo freddo la mattina, quando la stufa doveva essere pulita e nuovamente ricaricata.

– Non dubitare, sarà fatto – lo rassicurò Lucia. – E, se ci riesco e non casco dal sonno, insieme al calduccio ci sarò anch'io ad accoglierti.

– Grazie, ma non preoccuparti, vai a letto tranquilla, farò sicuramente tardi. Buonanotte – fu la risposta che, a malincuore, diede Arrigoni, intenerito e commosso ancora una volta dalle attenzioni della moglie.

Sceso in strada, fece il percorso inverso a quello del suo ritorno a casa e si avviò nuovamente verso piazza Durante, per riprendere il 17. Infatti, la sua meta in via Tadino era poco lontano dalla solita fermata all'incrocio Buenos Aires-Tunisia, quella dove scendeva per recarsi in commissariato.

3

La serata non era delle migliori, del resto non era stato un gran che nemmeno il pomeriggio: buio, pioggia e freddo. Percorrendo corso Buenos Aires a bordo del tram, gli si presentò uno spettacolo a dir poco deprimente: per le strade solo quattro gatti, poche luci di negozio accese e nulla che, in quel momento, facesse ricordare che "il corso", come veniva chiamato *tout court* dagli abitanti della zona, era una delle vie più movimentate e frequentate di Milano. Soprattutto durante la bella stagione, quando tutti i caffè collocavano all'esterno un bel numero di sedie e tavolini, che si riempivano di gente, in cerca di fresco, di svago, di bibite e gelati, anche a costo di fare uno strappo alla regola delle rigorose economie che il periodo richiedeva. In questo, il corso, lungo più di un chilometro, faceva onore al suo nome: come Buenos Aires, la capitale dell'Argentina, aveva una vivacissima vita serale e notturna. E anche di giorno, offriva una profusione di negozi e negozietti di ogni genere, dall'alimentare all'abbigliamento: panetterie, drogherie, macellerie, pescherie, gioiellerie, cappellerie, atelier... non mancava nulla. Neppure il risvolto culturale e spettacolare, rappresentato, oltre che da diversi cinema di vario livello (Pace, Modena, Venezia) dal Teatro Cinema Puccini, piazzato circa a metà del corso, al termine di un'ampia galleria. Al Puccini, l'offerta della programmazione era varia e abbondante e andava dai film alla prosa, alla rivista e, persino, all'opera lirica, con allestimenti non a livello del Teatro alla Scala, ma comunque più che decorosi. E tutto ciò faceva di corso Buenos Aires la prima via commerciale di Milano.

Il portone di via Tadino era ancora aperto, l'ora ufficiale di chiusura scattava infatti alle 22.00. Davanti, stazionava un'ambulanza con tanto di luce lampeggiante sul tetto. In cortile, assieme al medico che aveva constatato il decesso, c'erano gli uomini della Polizia, il vice di Arrigoni, Salvatore Mastrantonio, e il giovane agente Ciro Di Pasquale. Due tipi diversissimi e non solo per l'età.

Mastrantonio, calabrese cinquantaduenne, ancora scapolo, non si sa se per sua scelta o scarso successo con l'altro sesso, alto poco più di un metro e sessanta, con capelli nerissimi che lui garantiva naturali e baffetti appena accennati, riproduceva perfettamente il cliché del "piccolo uomo del Sud". Caratterialmente, apparteneva a quel genere di persone che non migliorano con l'età: spesso polemico, quando non acido, comunque tendenzialmente negativo. Dotato di una mente non molto brillante, era però testardo come un mulo, non si riteneva inferiore a nessuno, tanto meno al suo "capo", al quale non perdonava il fatto di essere, oltre che suo capo, pure di un paio d'anni più giovane. Arrigoni si domandava come avesse fatto quest'uomo a raggiungere il grado di vicecommissario capo. Ma al Porta Venezia l'aveva trovato al suo arrivo, e aveva dovuto tenerselo, cercando di non fargli pesare troppo il suo ruolo di superiore che, si capiva lontano un miglio, proprio non riusciva a mandare giù.

Tutt'altra musica con Ciro Di Pasquale, un simpatico e sveglio ragazzo napoletano poco più che ventenne, che incarnava, invece, il prototipo del "bel guaglione" mediterraneo, ma nella sua versione più maschia, nulla a che vedere con gli efebici giovani capresi finiti nello scandalo che aveva travolto, a inizio secolo, l'industriale omosessuale Alfred Krupp.

Di Pasquale era alto, con un fisico robusto ma proporzionato, capelli nerissimi, questi certamente autentici, e occhi altrettanto scuri, vivaci, con un fondo di ironica furbizia. Era entrato da un anno in Polizia, prima destinazione il commissariato Porta Venezia, dove, nonostante l'aspetto scanzonato, si mostrava ligio al dovere e desideroso di imparare. Aveva una vera e propria venerazione per Arrigoni, cosa che Mastrantonio appena poteva gli faceva pagare con vessazioni di ogni genere, incluso l'obbligo dei turni peggiori, domeniche incluse.

In cortile, con i due poliziotti si trovava anche una signora grassissima e singhiozzante, la portinaia Anna. Accanto a lei, una vistosa e grassoccia bionda ossigenata sulla trentina, con indosso una camicia da notte a malapena coperta da una vezzosa vestaglia rosa. Fisico e abbigliamento le davano un'aria molto equivoca, da casa chiusa, o casino, per dirla con un termine più popolare. Si trattava di Pinuccia, la figlia della portinaia, le cui avventure sentimentali, ma soprattutto erotiche, erano oggetto di salaci commenti da parte degli inquilini dello stabile. Anche perché dette avventure avevano come teatro, dalle dieci di sera in poi, il locale stesso della portineria, con l'unica debole protezione di una grande tenda marrone. Il tutto non mancava di provocare anche qualche cauta *avance* da parte degli uomini della casa più intraprendenti e spregiudicati...

Quasi tutti gli inquilini erano affacciati alle ringhiere dei vari piani, chi con e chi senza ombrello. Il commissario si avvicinò a Mastrantonio, che sembrava fare la guardia al cadavere, pietosamente coperto da un telone cerato. Lo scostò per un attimo e si presentarono alla sua vista una testa che ben poco conservava del precedente aspetto e un corpo di donna apparentemente ancor giovane, che indossava un golf nero sopra una camicetta bianca e una gonna grigia, mentre le scarpe, nere con tacco, giacevano lontano dal cadavere, in mezzo alle pozzanghere formate dalla pioggia.

Ricoperta di nuovo la donna, Arrigoni si fece ragguagliare sull'accaduto.

La signora ora stesa sui ciottoli del cortile si chiamava Clara Bernacchi, abitava al quarto piano, terza porta a destra arrivando dalle scale, e dalla ringhiera dello stesso piano si era buttata circa tre quarti d'ora prima, secondo la testimonianza del tabaccaio, che era stato il primo ad accorgersi dell'accaduto e a chiamare la Polizia. Mentre stava riordinando il retro del suo negozio, aveva sentito una voce di donna urlare un altissimo "noooo!", e poi il rumore di un tonfo. Era subito uscito in cortile e aveva scoperto il corpo senza vita di una donna, che gli era sembrato quello di Clara Bernacchi. Mentre ascoltava il resoconto del suo vice, il commissario sentì istintivamente che qualcosa strideva, ci avrebbe ripensato. Alla fine, Mastrantonio aggiunse altri dati sulla defunta: quarantadue anni, bionda, di statura normale ma prosperosa, di aspetto gradevole e sensuale (a detta sempre del tabaccaio). Era sposata con il signor Virginio e aveva due figlie, Marcella e Anna, rispettivamente di venti e otto anni. I tre familiari superstiti erano al momento in casa. Solo il marito era sceso poco dopo l'accaduto, anche per sbrigare alcune formalità burocratiche con il medico, scoppiando poi in un pianto disperato e tornandosene subito in casa dalle figlie, nessuna delle quali si era ancora nemmeno affacciata alla ringhiera.

Ascoltando Mastrantonio riferire i fatti, il commissario Arrigoni si dedicò contemporaneamente, come d'abitudine, a studiare l'ambiente. Al buio non si vedeva molto, ma le luci accese in tutte le case aiutavano. Era nel cortile di una tipica casa di ringhiera milanese, di quattro piani, su ognuno dei quali c'erano sei appartamenti, due a sinistra e quattro a destra dopo il pianerottolo con cui terminavano le scale. In fondo ai due ballatoi, il gabinetto in comune. Probabilmente, c'erano altri appartamenti all'interno che non davano direttamente sulla ringhiera, ed erano quelli solitamente provvisti di proprio servizio igienico. Tornò di nuovo verso l'androne, dove stava la portineria con la sua grande vetrata protetta da una tenda interna. Di lì, partiva la tromba delle scale, vicino alla porta che conduceva in cantina, dove erano ancora ben visibili scritte e frecce che ricordavano il periodo bellico, durante il quale le cantine fungevano da rifugio e riparo contro incursioni aeree e relativi bombardamenti.

Si rivolse infine a Mastrantonio:

– Ha parlato con qualcun altro, oltre che con il tabaccaio? Con i familiari, con la portinaia?

– Solo con il tabaccaio, il marito della defunta è sceso, si è intrattenuto col medico ed è tornato subito in casa, in evidente stato confusionale, ho preferito lasciarlo stare. La portinaia poi non ha saputo dirmi niente, in quel momento era chiusa nella sua guardiola con la figlia, quella tipa in vestaglia rosa. Forse ha sentito qualcuno gridare, ma non ci ha fatto molto caso. In effetti, la vetrata della sua postazione è molto robusta e isola dai rumori. È uscita solo a seguito della chiamata del tabaccaio.

– Bene, allora non ne sappiamo molto, a parte i fatti evidenti per chiunque. Forse è il caso di parlare con qualcuno della famiglia, per capirne qualcosa di più, che ne dice? Non so se è il momento giusto, ma voglio fare un tentativo. Se non ne esce niente, abbiamo tutto il tempo di convocarli di nuovo. E più avanti, non certo stasera, sentiremo gli altri inquilini, anche tutti, se gli sviluppi del caso lo richiederanno. – Mentre parlava, Arrigoni realizzò che cosa non quadrava nel resoconto del suo vice: "Come può urlare 'noooo!' una persona mentre dal quarto piano precipita in cortile, se è lei che ha deciso di buttarsi? È una contraddizione bella e buona".

– Come, – intervenne Mastrantonio, – se gli sviluppi del caso lo richiederanno? Mi scusi, ma mi sembra una faccenda abbastanza semplice, pur nella sua tragicità. Non vorrei sembrare facilone e presuntuoso, ma direi che siamo di fronte a un classico caso di suicidio.

– Un classico caso di suicidio, dice? Mastrantonio, non corra troppo, non si fermi alle prime impressioni. Ci pensi bene: secondo lei, una persona che si suicida, "mentre compie il suo gesto disperato", in questo caso mentre precipita verso il cortile, si mette a urlare un altrettanto disperato "nooo!"? Così almeno ha riferito il tabaccaio, me lo ha detto lei poco fa. La donna si è forse pentita appena dopo essersi buttata? Mi scusi, può esserle sembrata una battuta, ma voglio dire che la sua certezza di trovarsi di fronte a un suicidio, pur sempre possibile intendiamoci, merita per lo meno qualche approfondimento per trovare conferma. È il minimo che possiamo e dobbiamo fare.

– Capisco il suo punto di vista, ma deve ammettere che la sensazione di aver commesso qualcosa di irreparabile, il sentirsi precipitare davvero nel vuoto, può comunque provocare un attimo di terrore, anche se sei tu che lo hai voluto. È una reazione umana, non scarterei a priori anche questa interpretazione dell'urlo.

– Sì, può darsi, tutto è possibile. Proprio per questo, ripeto, vale la pena fare qualche verifica. Così ci togliamo ogni dubbio. Se di suicidio si è trattato, cerchiamo di capire che tipo era la signora, se c'erano dei presupposti che possano spiegare e giustificare un gesto così estremo. Saliamo al quarto piano e facciamo una visita ai familiari, tanto per cominciare. Anzi, per ora ci vado io da solo, così diamo una veste meno ufficiale alla cosa e non gli riempiamo la casa di gente. Ci vediamo più tardi, pensi lei a intrattenere quelli della Scientifica.

– D'accordo – rispose Mastrantonio.

Salutato il suo vice, il commissario Arrigoni iniziò la lunga salita delle scale, osservando molto attentamente tutto quello che incontrava. Come aveva immaginato, c'erano altri quattro appartamenti, che non davano sulla ringhiera, ma si trovavano subito all'inizio del pianerottolo di ogni piano. Il che portava il numero degli alloggi della casa a ben ventotto: un gran bel lavoro, se fosse stato necessario interrogare tutti. Passando di piano in piano, si vedevano gruppetti di persone, con abbigliamenti a metà strada fra il giorno e la notte, riuniti sui pianerottoli, immersi in un fitto parlottio: un evento così eccezionale meritava lo scambio dei commenti e delle ipotesi più suggestive, anche a costo di dover sopportare i morsi del freddo e di rinunciare a qualche ora di sonno.

Al quarto e ultimo piano, finalmente si concesse un attimo di riposo, anche per riprendere il fiato che le scale, grazie anche alla sua mole, avevano trasformato in un bel fiatone. Dopo aver notato che la porta che immetteva ai solai era aperta (lo era sempre, come avrebbe anche confermato la portinaia), seguendo le indicazioni date da Mastrantonio, avanzò lungo il ballatoio del piano, in questo caso senza capannelli di inquilini: la vicinanza con la casa della defunta rendeva tutti un po' più riservati e rispettosi.

Arrivato al terzo appartamento sulla destra, vide che la porta principale in legno era ancora aperta, lasciando in piena vista la seconda, per metà a vetri. Suonò il campanello, e dall'interno una giovane voce femminile proferì un acuto e irritato "Chi è?", cui Arrigoni rispose semplicemente "Polizia". Dopo un attimo, la porta fu aperta da una giovane, certamente la figlia maggiore, una bella ragazza mora, alta e ben fatta, dal fisico atletico, ma con stampata sul viso un'espressione scorbutica, quasi ostile. Lo fece comunque entrare.

La stanza d'ingresso era tipica di questo genere di abitazione: grande e spaziosa, con il pavimento di mattonelle rossastre, quelle classiche, ampie e rettangolari, del cotto lombardo. Al centro, stava un grande tavolo con un lucido ripiano di vetro, fronteggiato ai due lati da buffet e controbuffet, mobili molto in voga dagli anni Trenta e Quaranta e praticamente tutti uguali, caratterizzati da vetrine di cristallo molato, che lasciavano intravedere piatti, bicchieri, bottiglie con vino o liquore, ninnoli, e quant'altro necessario alla gestione "di rappresentanza" della vita familiare. In un angolo, una specie di armadio a muro, con porticina in legno, in cui si trovava l'unico punto acqua della casa, un lavandino che serviva sia da lavatoio per i lavori di cucina sia da zona per l'igiene personale degli abitanti. Troneggiava poi, contro una parete, una stufa economica col suo tubo argenteo per lo scarico del fumo che finiva ai camini sul tetto. La stufa, alimentata a legna e carbone, aveva una triplice funzione: cucinare, fornire acqua calda grazie all'apposita caldaietta oblunga inserita a stretto contatto col fuoco e, infine, emanando calore, scaldare la casa, priva di caloriferi. Sulla parete di fondo, vicino a un divano letto, una porta immetteva in una seconda stanza, generalmente adibita a camera da letto per la coppia e, quando necessario, per qualche figlio, con annessi armadi e comò per la biancheria personale e di casa. Stanza, quest'ultima, solitamente molto fredda d'inverno, visto che il calore della stufa non ce la faceva ad arrivare sin lì, anche tenendo la porta di comunicazione aperta. Abitazioni come questa erano molto familiari ad Arrigoni che, nato a Milano, da piccolo aveva vissuto in una casa del genere, oltre ad averne frequentate molte, per lavoro, come in questo caso, o per visite a parenti e conoscenti.

Il padre della ragazza, un uomo molto magro, completamente pelato, dall'aria mite e dimessa, e l'altra figlia più piccola erano seduti intorno al tavolo, con lo sguardo perso nel vuoto. Il commissario aveva l'impressione di aver già visto quell'uomo, ma non ricordava dove. Gli fu offerta una sedia, e anche la figlia maggiore rioccupò il suo posto.

– Prima di tutto, permettetemi di farvi le mie condoglianze e di scusarmi per il disturbo. Sono il commissario capo Arrigoni, del commissariato Porta Venezia. Capisco che per voi questo è un momento terribile, ma purtroppo il mio mestiere mi impone di farvi qualche domanda. Cercherò di trattenermi il minimo indispensabile. Mi spiace veramente...

– Non si preoccupi, – rispose l'uomo – faccia il suo dovere, ci chieda pure quello che crede. – Si asciugò le lacrime e diede una carezza alla piccola che gli sedeva accanto.

Momenti come questi mettevano sempre in imbarazzo il commissario, nonostante il callo professionale che avrebbe dovuto immunizzarlo. Eppure, pur riuscendo sempre a mantenere la sua lucidità, istintivamente partecipava, dentro di sé, allo sconvolgimento esistenziale che la perdita di un parente stretto, comunque fosse avvenuta, generava nei familiari. In questo caso, una moglie e una madre, che lasciava marito e due figlie ancora giovanissime, a causa di un suicidio! Sentiva e capiva che, per loro, la sua era una odiosa e inopportuna intrusione, per non dire una mancanza di rispetto. Comunque, tirò un bel respiro e cominciò l'interrogatorio, ripromettendosi di essere il più delicato possibile.

– Signor Bernacchi, mi vuole per favore dire che cosa stavate facendo verso le sette e mezzo? Eravate tutti in casa?

– No, c'eravamo solo io, mia moglie e Anna, la piccola, che ha la febbre e se ne stava sdraiata ben coperta sul divano là in fondo. Io ero rientrato poco dopo le sei...

– Mi scusi, posso chiederle che mestiere fa?

– Lavoro ai Giardini Pubblici, ho una postazione dove noleggio le automobiline a pedali. In questa stagione torno a casa prima, perché fa ancora freddo, viene buio presto e non c'è in giro molta gente. Oggi pomeriggio, poi, pioveva pure, non si è visto praticamente nessuno, avrò fatto sì e no un paio di noleggi.

– Mi sembrava di averla già vista, signor Bernacchi, adesso mi ricordo. Infatti, più volte ho portato la mia bambina a fare qualche giretto sulle sue automobiline, quando era più piccola. Continui pure, mi diceva che è rientrato dopo le sei...

– Come le ripeto, eravamo in casa solo noi tre, io stavo controllando e aggiornando il mio quaderno di lavoro, sa, annoto le condizioni meteorologiche, gli incassi... Mia moglie stava preparando la cena alla stufa economica, ormai era quasi ora di mangiare, mentre la bambina leggeva il suo giornalino, l'"Intrepido", distesa e ben coperta sul divano. Ah, c'era anche la radio accesa.

– Nessuna telefonata, nessuno che sia venuto a cercare lei o sua moglie?

– No, assolutamente.

– Tornando a sua moglie, era per caso di cattivo umore, ha notato qualcosa di diverso dal solito? Non solo questa sera, anche negli ultimi giorni.

– No, non direi, almeno, io non me ne sono accorto...

– Vada avanti, prego.

– Dunque sì, eravamo in casa, quando, appunto, finito di cucinare, verso le sette e mezzo/otto meno un quarto, Clara disse che andava fuori a fumarsi una sigaretta, mentre aspettavamo l'arrivo della Marcella. Le feci presente che c'era freddo e pioveva, ma lei rispose che non voleva affumicare Anna, raffreddata e con la febbre. Ho trovato la cosa un po' strana, perché, a dire la verità, mia moglie di solito non si faceva troppi scrupoli quando le veniva voglia di fumare. È uscita, e io ho continuato a guardare i miei appunti, con la radio accesa. Dopo un po', non saprei dire quanto, ho sentito un urlo e, in qualche modo, non so spiegarmi perché, ma ho capito subito che le era successo qualcosa. Non ho avuto il coraggio di uscire subito a controllare, e quando stavo per farlo sono stato chiamato dal tabaccaio e sono andato sul pianerottolo. Clara non c'era, era giù in cortile, morta. Dio mio, com'è potuto succedere!?

Il ricordo del fatto, ancora così recente, turbò fortemente l'uomo, che si lasciò andare a un pianto dirotto, senza che nessuna delle due figlie gli si avvicinasse per consolarlo. Il commissario pensò che non era il caso di continuare con lui, e si rivolse alla figlia maggiore, Marcella. Questa, nonostante lasciasse trapelare un certo nervosismo, sembrava mantenere un discreto autocontrollo. Doveva avere un carattere forte, non somigliava certo al padre, la cui fragilità emotiva era più che evidente.

– E lei, signorina Marcella?

– Io in quel momento non ero in casa. Lavoro come commessa alla Standa di corso Buenos Aires, che chiude alla sette e mezzo. Ho fatto la poca strada per arrivare a casa di corsa per non bagnarmi troppo, pioveva forte e non avevo l'ombrello. – Si fermò e tirò il fiato, come se avesse smesso di correre in quel momento. – Ero ancora sulle scale, mi pare al secondo piano, quando anch'io ho sentito urlare. Era senz'altro la voce di una donna, ma non riuscivo a rendermi conto da che parte provenisse né tanto meno di chi fosse. Mi sono spaventata, ho guardato sul pianerottolo del terzo piano e non ho visto nessuno, ho salito gli ultimi gradini a due per volta, ma anche il ballatoio del mio piano era vuoto. Poi ho guardato giù in cortile e nella semioscurità ho visto una figura umana distesa a terra, sotto la pioggia. Mi sono precipitata in casa, la mamma non c'era, non sapevo che cosa pensare, finché il tabaccaio non ci ha chiamati, il papà è sceso e il resto lo sa già anche lei...

La tensione stava avendo la meglio anche su di lei, la giovane sembrava arrivata al punto di rottura, non piangeva, ma le parole uscivano con voce incrinata, difficile capire se dal dolore o dalla rabbia. Il commissario Arrigoni le lasciò il tempo di riprendersi quindi continuò.

– Ha notato qualcosa, salendo, ha incontrato qualcuno, sui pianerottoli, sulle scale?

– No, nessuno, c'ero solo io. Era tardi, saranno stati tutti a mangiare. E poi, pioveva.

– Scusatemi, ancora solo una domanda e poi vi lascio in pace. Quando avete saputo che la persona in cortile era la signora Clara, che cosa avete pensato, che reazione avete avuto? – chiese il commissario, maledicendosi per dover fare una domanda così diretta.

– Mia madre si è buttata giù, cosa vuole che pensiamo? Perché l'ha fatto? Che ne sappiamo, cavoli suoi! – fu la risposta violenta e sgarbata della ragazza, mentre il padre scuoteva sconsolatamente la testa senza proferire parola, per intervenire solo con un larvato e flebile tentativo di rimprovero.

– Ma Marcella, che modi!

– Ma sì, diciamo le cose come stanno. Forse ha voluto liberare noi e il mondo della sua presenza: ci ha pensato lei prima che ci pensasse qualcun altro – continuò imperterrita Marcella, con voce tornata ferma, forse proprio a causa della cattiveria e aggressività delle parole e del tono con cui venivano pronunciate.

Il commissario Arrigoni, pur sbalordito per l'improvvisa e violenta sortita della ragazza, non mancò di notare che anche Marcella la pensava esattamente come il suo vice: suicidio, punto e basta. E certamente anche il signor Bernacchi era dello stesso parere. D'altronde, l'evidenza dei fatti sembrava non lasciare dubbi. Chiaramente, nessuno si soffermava a considerare quel "noooo!" gridato inspiegabilmente dalla donna mentre precipitava. Nessuno, tranne lui, che continuava a ritenerlo un elemento chiave per l'interpretazione di quanto accaduto.

Dopo l'ultima uscita della ragazza, Arrigoni capì che, pur tenendo conto di un atteggiamento alquanto strano da parte di chi aveva appena perduto la madre, almeno per il momento non avrebbe ottenuto altre informazioni utili. Forse ne avrebbe avute in numero maggiore indirettamente, attraverso gli interrogatori degli abitanti della casa. Decise così di terminare la sua visita in casa Bernacchi, riservandosi però un successivo approfondimento. Tenne per sé i suoi dubbi, si scusò ancora per il disturbo, rinnovò le condoglianze e salutò padre e figlie (la più piccola non aveva ritenuto opportuno ascoltarla), non senza aver anticipato che probabilmente li avrebbe ancora dovuti incontrare, in casa o in commissariato.

Uscito sul ballatoio, vide che tutte le luci degli altri appartamenti del piano erano ancora accese. Si soffermò un attimo vicino alla ringhiera, esaminandola con attenzione e guardando giù in cortile. Se non si era trattato di suicidio, e l'istinto gli diceva che era più che probabile, rimaneva solo un'ipotesi in piedi, dopo aver escluso come cause della disgrazia uno sfortunato incidente o un malore. La ringhiera, infatti, pur se non molto alta, lo era però abbastanza da proteggere da cadute accidentali. Dunque, tutto portava a pensare che, anziché buttarsi giù dal quarto piano, la signora Clara giù ci era stata buttata da qualcun altro. Ma da chi e perché?

Una tecnica ormai collaudata da anni di indagini, e di molti successi, stabiliva che la prima cosa da fare era cercare di sapere tutto della defunta, storia passata e recente, abitudini, usi e costumi, rapporti in famiglia e fuori. Anche per capire se era tipo da suicidio o no, ammesso che esista un tipo da suicidio oggettivamente definibile. Per il momento, le informazioni disponibili erano del tutto insufficienti, limitandosi a ben pochi, telegrafici elementi: Clara Bernacchi era una donna non più giovanissima ma ancora piacente, con marito e due figlie. Niente di più, cioè troppo poco. Bisognava tirarsi su le maniche, prendere pala e piccone e cominciare a scavare, senza porre limiti al numero degli interrogatori.

Immerso nelle sue riflessioni, scese lentamente le scale e ritornò in cortile, dove Mastrantonio e Di Pasquale stavano parlando con due della Scientifica. Il cadavere nel frattempo era già stato caricato sull'ambulanza, che l'avrebbe portato all'obitorio per l'autopsia. Autopsia che, secondo il commissario, non avrebbe potuto essere di grande aiuto: c'era poco da trovare, solo la scoperta di un elevato contenuto di alcool, o di farmaci, poteva essere utile nello stabilire la possibilità di un malore se non di una improvvisa pulsione suicida. Anche l'esame del cadavere da parte della Scientifica non sarebbe servito un gran che, non c'erano né impronte da controllare né tracce di polvere da sparo da rilevare, per citare solo due dei classici ingredienti di tutte le inchieste riguardanti un omicidio.

Partita l'ambulanza, Arrigoni disse subito a Mastrantonio e Di Pasquale che, dopo aver sentito i Bernacchi, la mossa successiva era fare un vero e proprio censimento degli inquilini della casa, per passare poi agli interrogatori. Con due obiettivi principali.

In primo luogo, raccogliere informazioni dettagliate sulla defunta; che genere di donna era, che cosa faceva, come si comportava, con chi aveva rapporti, dentro e fuori il caseggiato. Poi, verificare se qualcuno aveva visto o notato qualcosa di strano, per non dire sospetto, fra le sette/sette e mezzo e le otto/otto e mezzo della sera. Gente sulle scale, sui ballatoio, rumori di porte, voci, qualunque cosa...

– Ma qui ci sono una trentina di famiglie, almeno un centinaio di persone... – fece notare preoccupato Mastrantonio.

– Senta Mastrantonio, abbiamo tutto il tempo che ci serve, non ci corre dietro nessuno. Li vedremo a casa loro o in commissariato, o in tutti e due i posti, ma dobbiamo sentire tutti quelli che riterremo opportuno sentire, chiaro? Perché, se si tratta di un suicidio, reperiremo probabilmente informazioni che potranno avvalorare questa ipotesi; se invece, come continuo a ritenere per lo meno possibile, siamo di fronte a ben altro, forse salteranno fuori indizi utili alle indagini in una diversa direzione. Ci vediamo domani mattina, in commissariato, per definire e concordare il piano d'azione. Io, intanto, se è ancora in piedi ed è disponibile, comincerò a fare due chiacchiere con la portinaia. Una brava portinaia vale cento inquilini, in fatto di informazioni. Come ben sappiamo, queste signore, per la natura stessa del loro ruolo e per una tradizionale curiosità professionale, sono sempre una fonte inesauribile di notizie su vita, morte e miracoli di tutta la casa. Vi riferirò domani mattina in commissariato. Buona notte a tutti e due.

Mentre Mastrantonio e Di Pasquale si avviavano verso il portone, Arrigoni, notata la luce ancora accesa, bussò alla porta a vetri della portineria.

Si affacciò dietro la tenda la titolare, signora Anna, una donna che doveva aver passato da un pezzo la sessantina, dotata di una notevole mole, che rendeva i suoi movimenti lenti e faticosi. Arrigoni l'aveva già vista prima in cortile insieme con la figlia, la bionda ossigenata dall'aria equivoca. La donna gli aprì la porta e lo invitò a entrare, rivelando un tavolo ingombro di indumenti da stirare, con relativo ferro in primo piano. Il suo atteggiamento mostrava quanta voglia avesse di conferire con un importante personaggio della Polizia. La curiosità e la voglia di essere protagonista l'avevano avuta vinta sull'ora tarda, e uno spiraglio aperto nella tenda rivelava che, per tutto quel tempo, aveva tenuto la situazione sotto controllo.

– Buonasera, signora, mi scusi se la disturbo così tardi. Se mi permette, vorrei farle qualche domanda. Sua figlia l'ha già lasciata sola?

– Sì, è un po' che si è ritirata nel nostro appartamento al primo piano, dove abbiamo la camera da letto. Lei non è curiosa, non le interessa sapere quello che succede qui. E poi è via tutto il giorno, lavora come commessa in un negozio dall'altra parte della città, torna la sera, e nella casa non frequenta nessuno.

– Capisco, allora forse non sarà necessario convocarla per un colloquio. Eccoci qua, signora Anna. Lei, invece, può dedicarmi un po' del suo tempo?

– Ma si figuri, signor commissario, sono a sua disposizione, tanto mi ritiro tutte le sere alle ore piccole. Come vede, stavo stirando, con tutte le volte che si cambia mia figlia, qui non si finisce mai di lavare e stirare... e tocca sempre a me! Libero il tavolo, così può anche scrivere, se vuole. Ecco fatto!

– La ringrazio, lei è molto gentile. Per cominciare, mi può dire come è venuta a conoscenza di quanto accaduto alla signora Clara?

– Ero qui con mia figlia Pinuccia, l'ha vista, era con me in cortile. Tenevamo la radio accesa, io stavo lavando i piatti e la Pinuccia leggeva "Grand Hotel". Mi è sembrato di sentire, forse, gridare, ma questi vetri isolano molto e avevo chiuso porta e finestra. In più, c'era il rumore della pioggia. A un certo punto, qualcuno ha bussato, era il tabaccaio che tutto agitato mi informava che…

– … la signora Clara Bernacchi si era sfracellata in cortile. Ecco, proprio della signora vorrei parlare un po' con lei, se non le spiace. La conosceva bene? Abitava qui da molto tempo?

– Beh, sì, la conoscevo come si può conoscere un inquilino. Io poi, sa, non sono come tante portinaie che s'impicciano degli affari degli altri, c'ho già abbastanza da pensare ai miei. Faccio questo mestiere da trent'anni e nessuno ha mai avuto niente da ridire! – "anche perché è sempre meglio tenerti buona, vecchia mia!"pensò maliziosamente il commissario. – Dunque… i Bernacchi sì, sono qui da prima della guerra, sarà stato il 1935, lo ricordo perché mi pare proprio che siano arrivati quando è morto l'Antonio, il mio povero marito, pace all'anima sua. Avevano già la prima figlia, la Marcella, che avrà avuto allora quattro/cinque anni. La seconda è nata qui qualche tempo dopo.

– Signora, come lei avrà intuito, l'ipotesi più probabile è che la signora Clara si sia suicidata. Lei che cosa ne pensa? Per capirci meglio, dietro questo gesto potevano esserci dei motivi… che certo lei non può sapere, visto che si fa i fatti suoi, ma a volte si hanno delle sensazioni, si nota un atteggiamento diverso dal solito, che può far pensare che una magari è un po' giù di corda, si sentono delle voci, delle allusioni. Un'attenta osservatrice come lei, pur nella sua discrezione, se ne sarebbe certo accorta.

– Sì senz'altro, ma parlando della signora Clara non saprei proprio cosa dirle. Anzi, se devo essere sincera, tutto avrei potuto pensare ma non che una tipa così si sarebbe buttata dal quarto piano. La Clara era ancora una bella donna, anche se un po' troppo vistosa per i miei gusti – e qui Arrigoni non poté fare a meno di pensare a come si accordassero questi gusti con l'aspetto e l'abbigliamento della figlia Pinuccia – non voglio dire volgare, ma insomma... Però, sempre allegra, piena di vita, le piaceva divertirsi e lo faceva, altroché se lo faceva. Andava spesso a ballare, qui vicino, alla "Stella d'oro" di via Spallanzani, una balera molto frequentata, aperta tutte le sere e anche qualche pomeriggio. No, no, anche a sforzarmi, proprio non riesco a immaginarmi un motivo per una fine così... almeno per quello che posso capire io, perché poi vai a indovinare cosa c'è nella testa della gente..

– Da quanto mi ha detto, mi è chiaro che la signora era un tipo aperto e amava la bella vita. E com'erano i rapporti con il marito, che francamente non mi è sembrato invece una persona tanto dedita ai piaceri della vita? La accompagnava quando andava a ballare?

– Ma scherza? Ci andava da sola, e la compagnia sapeva trovarsela lei, begli uomini eleganti, lo dico perché molti li ho visti, venivano a trovarla anche a casa...: sa, a bersi un bicchierino insieme... – sottolineò con sguardo malizioso. – No, no, il signor Virginio non è proprio tipo da balera, quello pensa solo alle sue automobiline. Credo che a ballare non ci sia mai andato in vita sua. Forse un cinema una volta all'anno, forse... – e aggiunse, assumendo un tono di complicità, – e poi, senta, non per essere pettegoli, ma l'ha visto bene, il Virginio? Non sembra certo un attore del cinema, anche se la bellezza non è tutto, specialmente in un uomo, lei mi capisce, signor commissario – perché proprio lui doveva capirla? – In più, non è neanche un uomo simpatico, divertente. Se ne sta sempre sulle sue, un musone che a malapena saluta la gente che incontra sulle scale o sul pianerottolo. Non che sia cattivo, ma lui entra in casa e se ne esce la mattina dopo per andare ai Giardini dalle sue automobiline, non va neanche dal tabaccaio, perché non fuma e non beve. Ripeto, una gran brava persona, un lavoratore, però... ce lo vede lei uno così insieme a una donna come la Clara? Già io mi son sempre chiesta come ha fatto a sposarlo, a meno che... – la signora Anna si esibì in una lunga pausa, quasi a chiedere una sollecitazione a proseguire da parte del commissario.

– A meno che?

– A meno che non si siano sposati che lei era già incinta. Sa, ci sono dei pettegolezzi in proposito che arrivano addirittura a dire che forse lui non era nemmeno il padre della bambina, cioè della Marcella. Ma era talmente preso della Clara che, pur di averla, l'ha sposata anche se aspettava un bambino da un altro. Sono voci che io, pur senza chiedere nulla a nessuno, ho sentito non so nemmeno più da chi né quando. E non posso dire se sia vero o no, potrebbe essere anche solo una malignità, se ne dicono e se ne sentono tante... Certo che la Marcella al Virginio non somiglia, ma non è obbligatorio, se è per questo non somiglia neanche alla madre, avrà preso da qualche nonna...

Il commissario Arrigoni, pur se leggermente infastidito sul piano personale dal richiamo alla notevole differenza di bellezza nella coppia formata dai coniugi Bernacchi, trovò molto interessante questo inizio di conversazione con la portinaia. Conversazione dalla quale si delineava, in merito alla defunta Clara, il profilo di una donna che si caratterizzava soprattutto per la voglia di divertirsi, soddisfacendo i propri capricci senza nemmeno dover sopportare il fastidio dei rimproveri di un marito geloso. Forse era una situazione familiare poco felice nel suo complesso, certo non come poteva averla sognata da ragazzina, ma nulla lasciava pensare che Clara Bernacchi fosse una donna in crisi o depressa. Per completare l'opera, restavano ancora da verificare i rapporti della donna con le due figlie, o meglio con la maggiore, che forse era una Bernacchi più di nome che di fatto. Un tipo strano, che non si era mostrata particolarmente addolorata per la morte della madre, anzi… Considerata la disponibilità della portinaia, che si stava rivelando una miniera di informazioni, decise di continuare a battere il ferro finché era caldo.

– Signora Anna, posso rubarle ancora un po' di tempo?

– Ma certo, commissario. Anzi, mi scusi, che stupida che sono, non le ho nemmeno offerto da bere.

– Ma no, grazie, non si disturbi.

– Lo so che non bevete in servizio, ma provi solo un bicchierino di cedro. Sa che fa bene al cuore?

– E vada per il cedro, ma proprio una goccia, non vorrei tornare a casa ubriaco. Grazie – e dopo il primo sorso, accontentò la portinaia che palesemente non aspettava altro che un suo commento. – Hmm, proprio buono, dolce ma vigoroso. Lo fa lei?*

– No, questo no, me l'hanno regalato dei parenti, io in casa faccio il Doppio Kummel e il Millefiori, ma questi sono troppo forti, non glieli offro, a quest'ora. Invece, se vuole, può provare il mio Vov, sempre fatto da me. Glielo consiglio, vedrà come la tira su di pista!

– No, grazie, mi basta il cedro, caso mai ne prenderò ancora un bicchierino. Dopo, devo andare a dormire, mica a fare le corse! Dunque, per riassumere, lei mi ha detto molte cose sulla signora Clara, le sue abitudini, il suo modo di fare, facendomi anche capire che godeva della massima libertà, dato che il marito, a quanto pare, i pantaloni li porta solo formalmente. E i rapporti con le figlie, invece? Mi riferisco alla più grande, Marcella, perché la piccola non ha ancora un'età che le consenta comportamenti autonomi – nel dirlo,

---

* La domanda può sembrare strana, ma all'epoca l'abitudine di produrre liquori con metodi casalinghi era molto diffusa.

il commissario pensò che forse questo poteva non essere del tutto vero, se il carattere della piccola Anna somigliava anche lontanamente a quello della sua Claudia.

– Certo, lasciamo perdere la seconda, quella che si chiama come me, è ancora troppo piccola per poter dire la sua, – attaccò la signora Anna, – ma fra la madre e la Marcella non correva buon sangue. Litigavano spesso, glielo posso garantire. D'estate poi, quando porte e finestre sono aperte, le loro urla si sentivano in tutta la casa e forse anche in strada!

– Ma perché litigavano? – insistette il commissario, ricordando l'atteggiamento quasi astioso della ragazza nei confronti della madre.

– Credo, ma tiro un po' a indovinare, che la Marcella pretendesse troppa indipendenza, non so, uscire e stare fuori di sera fino a tardi, senza avere nessun controllo da parte della famiglia. D'altronde, con l'esempio che dava sua madre, non c'è da meravigliarsi se voleva spassarsela anche lei...

– Signora, tutte le figlie litigano con le madri per avere un po' di indipendenza, all'età di Marcella. Ma questo non significa per forza che tra loro non corra buon sangue.

– Sì, ma doveva sentirle! E poi, detto fra noi, non c'era solo la storia dello stare fuori fino a tardi. Alla Marcella non andava giù la condotta, diciamo così, troppo libera della madre, ci siamo capiti. Passi per le serate in sala da ballo, ma lei riceveva i suoi amici anche a casa... e via dicendo, facendosi allegramente un baffo di farsi vedere da tutti. Una ragazza fa presto a diventare per la gente una "figlia di p...", quando la madre si comporta come se lo fosse, non so se mi spiego. Lei gliele cantava chiare e forti, ma figuriamoci se quella le dava retta, continuava a fare i suoi comodi come se niente fosse. D'altro canto, se chi aveva tutto il diritto di farsi sentire, cioè il Virginio, se ne stava buono e zitto...

– E fuori della famiglia, con gli inquilini della casa, c'erano buoni rapporti?

– Insomma, prima di tutto bisogna dire che tanti non vedevano di buon occhio i suoi comportamenti e quel viavai di uomini, soprattutto le persone più di chiesa, i più bigotti insomma. Gli altri, in generale, si facevano i fatti loro. Per farla breve, non si può dire che lei avesse molti amici qui, a parte la giovane signora Luciana Verticale, del terzo piano, che spesso andava con lei a ballare. Ah, sì, c'erano buoni rapporti anche con i vicini di piano, i Rossi, quelli che stanno nell'appartamento in fondo, la porta vicino al gabinetto. Tant'è vero che dava anche lezioni di chitarra al figlio, il Giorgio, che studia all'Università. Un bel ragazzo, molto simpatico ed educato, l'ho visto nascere e crescere qui, ormai anche lui ha vent'anni, è proprio vero che il tempo passa senza che ce ne accorgiamo...

– Lezioni di chitarra? – chiese un Arrigoni visibilmente incuriosito, interrompendo le divagazioni esistenziali della portinaia.

– Sì, proprio lezioni di chitarra. Non per fare del pettegolezzo, ma devo anche aggiungere che c'era chi trovava la cosa mica tanto normale, facendo dei commenti un po' maliziosi... Però bisogna dire che la Clara sapeva davvero suonare, e anche cantare, molto bene l'ho sentita anch'io quando è stato organizzato uno spettacolino alla buona in cortile, una domenica d'estate. Non che fosse stata una vera cantante, ma da giovane si esibiva, si dice così?, con la sua chitarra, nei locali e nelle balere della Brianza, e pare che la pagassero pure. Lei era nata da quelle parti, a Erba per la precisione, dove tra l'altro aveva anche conosciuto il Virginio, che andava spesso in visita da dei parenti che abitavano lì.

Una dopo l'altra, la portinaia aveva snocciolato una serie di informazioni senz'altro della massima importanza. A quel punto, il commissario Arrigoni ritenne di averla spremuta abbastanza; poteva essere più che soddisfatto, aveva raccolto un sacco di materiale su cui riflettere. E la stanchezza cominciava a farsi sentire. Così, mise termine alla conversazione, anche per non alimentare nella custode, finita la scorta di verità, la voglia di inventarsi qualcosa pur di impressionarlo.

– Bene, signora Anna, tutto quello che mi ha detto mi sarà molto utile. Se non ci fosse gente come lei, le indagini andrebbero avanti molto più lentamente – e dopo questa vera ruffianata, che fece arrossire l'anziana donna, la ringraziò per la disponibilità. – Grazie mille, per questa sera può bastare, la contatterò di nuovo se avessi necessità di ulteriori chiarimenti. E mi raccomando, se ne vada a letto, si vede che è stanca. So che per lei la sveglia suonerà molto presto, domani mattina.

– Sì, ma ci sono abituata e alla mia età ormai si dorme poco. Buonanotte anche a lei, signor commissario. E venga pure quando vuole, io di qui non mi muovo. Deve ancora provare il mio Vov!

Arrigoni lasciò la calda stanzetta con stufa che fungeva da portineria, cucina e salotto per la signora Anna (e forse da *garçonnière* per la figlia), uscì dal portone e si avviò verso la fermata del tram. Un'occhiata all'orologio gli rivelò che si era fatto tardi, erano ormai le undici e intorno il grigio e il buio la facevano da padroni, in mezzo a una desolante assenza di esseri umani: dai "quattro gatti" delle otto e mezzo si era passati a "neanche un cane", pensò con mesta ironia. Unica consolazione la pioggia, che scendeva ora con molta meno forza, sembrava anzi stesse smettendo. Approfittando delle migliorate condizioni del tempo, decise di farsi a piedi tutta la strada fino a casa: gli avrebbe fatto bene prendere un po' d'aria, pur se condita con un po' d'acqua, e in una trentina di minuti al massimo sarebbe arrivato. Arrigoni amava camminare anche perché, in perfetta solitudine, senza elementi di disturbo, poteva far girare il cervello a ruota libera. E in questo frangente, ne sentiva particolarmente il bisogno.

Ripensò all'incontro con la portinaia. La loquacità e la voglia di mettersi in mostra della donna, unita alla sua abitudine a tenere orecchie e occhi ben aperti, gli avevano fornito una serie di informazioni che, oltre ad essere di grande utilità di per sé, avrebbero reso senz'altro più rapidi e snelli tutti gli interrogatori degli abitanti della casa.

L'identità di Clara Bernacchi e della sua famiglia uscivano ora molto più nitidamente. Lei, donna avvenente, dotata di forte personalità e carattere autonomo, aveva vissuto seguendo regole tutte sue, scavalcando, e di molto, gli schemi tradizionali che etichettavano la figura della moglie e della madre di famiglia. Questo grazie anche all'accondiscendenza del marito che a quanto pareva non aveva alcuna, non diciamo autorità, ma nemmeno influenza sulla moglie. La quale, a questo punto era disposto a scommetterci, a suo tempo l'aveva sposato per sistemare una situazione anomala e dare un padre qualsivoglia alla figlia, concepita chissà con chi fra i verdi colli della Brianza. Da tener bene in evidenza anche l'aspetto musicale, questa non comune abilità della donna nel suonare la chitarra, soprattutto per il risvolto delle relative lezioni al rampollo della famiglia dell'ultimo appartamento del quarto piano. Lezioni o qualcos'altro, come lasciavano intendere alcuni commenti malevoli?

Tornando col pensiero al marito, e inserendolo di forza nella sua ipotesi alternativa al suicidio, non c'era dubbio che motivi di rancore contro la moglie poteva averne a bizzeffe, ma era difficile, se non impossibile, immaginarselo compiere una qualsiasi azione, tanto meno violenta, contro di lei, la sua signora e padrona. Certo, c'erano sicuramente una bella serie di tradimenti... lei si portava persino i “begli uomini eleganti” in casa, come diceva, non senza un sottinteso giudizio morale, la portinaia. D'accordo, il signor Virginio non era presente agli incontri, ma figuriamoci se non ne era al corrente, o almeno se non lo immaginava... “In ogni caso”, pensò alla fine Arrigoni, “non lasciamoci influenzare dai luoghi comuni e teniamo sempre presente anche il marito”.

Personaggio molto più interessante in casa Bernacchi era la giovane Marcella: bella quanto ambigua, rustica e scostante, non aveva detto un granché, ma quel poco molto significativo. L'impressione che Arrigoni ne aveva avuto non era certo quella di una figlia devastata dal dolore. Le sue parole emanavano un risentimento e un'aggressività verso la madre che sfioravano l'odio. D'accordo che i loro rapporti non erano dei migliori, però... Certamente c'era sotto dell'altro, che bisognava scoprire, si appuntò mentalmente Arrigoni, ripromettendosi di non dimenticarsene nei prossimi interrogatori, ogni volta che fosse saltato fuori il nome della ragazza. Più ci pensava, meno riusciva a giustificare un atteggiamento così negativo nei confronti della madre, ora pure defunta, tanto da arrivare a cullare strani pensieri che mettevano Marcella sotto una luce per lo meno molto dubbia, “Impressioni” pensò, “ non correre, Mario, non lasciarti condizionare dagli stereotipi che la vorrebbero in preda a un pianto inconsolabile. La ragazza potrebbe anche essere soltanto un tipo molto lucido e concreto. Forse...”.

Riprendendo in esame i fatti, Arrigoni si pose mentalmente alcune domande.

In primis, perché la signora Clara era uscita a fumare una sigaretta proprio a quell'ora, poco prima di mangiare, mentre fuori pioveva e c'era un freddo boia? Lo stesso marito se ne era stupito, ricordandone le abitudini generalmente poco riguardose degli altri in fatto di fumo. E proprio a quell'ora tornava sempre dal lavoro la figlia…

Allora, ci doveva essere un altro motivo, quello vero, che aveva portato la donna fuori di casa. Qualcuno l'aveva chiamata? Aveva un appuntamento? Ma come, con chi senza che almeno il marito se ne accorgesse? E dove era finito il misterioso interlocutore, se la figlia, rientrando, non aveva visto nessuno? Eccoci di nuovo con la figlia!

E infine, se di suicidio si trattava, ci dovevano pur essere dei motivi che lo avevano provocato! Secondo quello di cui al momento era a conoscenza, apparentemente non c'era nulla che lo giustificasse. Per non parlare del famoso urlo, del tutto inspiegabile, anche secondo il più elementare buonsenso. "Se questo è un suicidio, non mi chiamo più Mario Arrigoni!", fu la sua pittoresca conclusione.

Quasi senza accorgersene, si trovò improvvisamente davanti al portone di casa. Salì subito al primo piano ed entrò, accolto da un bel tepore che lo consolò dopo il freddo intenso patito in mezz'ora di camminata. La casa era immersa nel buio, le sue donne erano già a letto. Pian piano, limitando al minimo l'uso delle luci, come ai tempi del coprifuoco, andò in sala, si sedette al tavolo e finalmente si accese un toscano, l'ultimo che si concedeva dopo i tre/quattro consumati nel corso della giornata. Nessuno sarebbe stato appestato, almeno questa volta.

Prese un quaderno e mise su carta tutte le considerazioni elaborate durante la lunga passeggiata su quello che battezzò "Il caso di via Tadino". Alla fine era proprio stanco e con piacere si diresse verso la camera da letto. Si spogliò, indossò il pigiama e, cercando di non disturbare la moglie di cui sentiva il respiro calmo e regolare, si infilò sotto le coperte dopo aver puntato la sveglia alle sette. Non si addormentò subito, visi e fatti della serata danzavano e rimbalzavano nella sua mente, reali e fantasmagorici al tempo stesso, alternandosi l'un l'altro senza tregua né logica. Poi, lentamente, le immagini e i pensieri si fecero più vaghi e indistinti, avvolti in una nebulosa foschia che preannunciava l'arrivo del sonno e finalmente si addormentò.

4

La giornata cominciò con l'infernale trillo della sveglia. Mario Arrigoni sussultò, si voltò verso il comodino e spense l'allarme. Allungò la mano al suo fianco e si accorse che Lucia si era già alzata. Stava senz'altro preparando il caffè e la colazione per la bambina.

Non finiva mai di stupirsi nel vedere come una ex "stella" delle sfilate si fosse così rapidamente e serenamente adattata al suo nuovo e normale ruolo di moglie e madre. E, aggiungiamolo pure, moglie di un modesto commissario di polizia, non certo di un magnate dell'industria al quale con la sua bellezza avrebbe potuto aspirare. Del resto, il famoso fidanzato che l'aveva tanto fatta soffrire, se non un magnate dell'industria, era però il figlio di un affermato e ricchissimo avvocato con studio a Milano. Dove anche il giovane lavorava, se così si poteva dire, visto il tempo che dedicava alla bella vita, coinvolgendo anche Lucia in una ridda di feste, viaggi e dorate vacanze. Poi, dopo una lunga relazione durata quasi quattro anni che sembrava la premessa a un legame più definitivo, tutto era finito. Lui l'aveva lasciata, iniziando un rapporto con un'altra indossatrice, amica di Lucia. E la vita, non solo sentimentale, della futura signora Arrigoni aveva subito un brusco e doloroso trauma, superato a fatica, grazie anche all'incontro con Mario. Che fortunatamente, pur essendo molto innamorato, non soffriva di gelosia retrospettiva e non si era fermato un attimo a rimuginare sul passato di Lucia: a dispetto della sua professione, non era un tradizionalista, per lui il passato non contava, era passato e basta. Le cose importanti in un rapporto erano l'affetto (amore?), la reciproca comprensione, la fiducia e la comunanza del sentire. Si rendeva benissimo conto di non aver acceso una passione in Lucia, ma sapeva anche che era stata la riscoperta di valori autentici, fatta insieme nelle loro lunghe chiacchierate, a trasformare la vita di lei, fino a farle scoprire l'importanza e la bellezza di un legame meno mondano e rutilante, ma senz'altro vero e profondo. L'unione era uscita ancor più fortificata, oltre che dalla nascita della figlia Claudia, dalle difficoltà del periodo di guerra, lui a Milano in posizione critica a causa del suo scarso entusiasmo per il regime repubblichino, lei sfollata con bambina, suocera e genitori a Rozzano, oggi quasi parte integrante di Milano, ma allora aperta campagna, con tanto di pascoli per le mucche e coltivazioni agricole di ogni tipo.

Uscito dalla camera da letto, ancora in pigiama, fu accolto dall'aroma del caffè, che dalla cucina invadeva tutto l'appartamento. Un aroma avvolgente, intenso, che ancora oggi gli sembrava incredibile di poter sentire, dopo gli anni della guerra passati con "caffè" a base di surrogati, cicoria o ghiande (sì, quelle che mangiano i maiali). Ma anche questo era ormai un brutto ricordo, ed era tornato il caffè vero.

– Buongiorno, donna Lucia, – salutò la moglie, ancora in vestaglia, accompagnando le parole con un bacio – mi daresti una tazzina di questo buon caffè appena fatto? Poi vado a farmi la barba. Hai già dato la prima chiamata alla piccola?

– No, la lascio ancora dormire, la sveglio fra un po'. La colazione per lei è già sul tavolo: caffellatte, pane e qualche biscotto

– Tutti i vizi per la piccola… a me solo una tazzina di caffè!

– Ma sei tu che non vuoi mangiare niente, la mattina! E poi, di caffè te ne prendi almeno un paio prima di uscire, per non parlare poi di quelli che bevi fuori di casa…

– Va be', va be', lasciami godere il primo, ecco. Adesso posso andare a lavarmi e a farmi la barba.

In bagno, si dedicò al solito rito mattutino: una bella lavata con acqua tiepida, e poi la rasatura. Non capiva come mai tanti uomini odiassero farsi la barba tutti i giorni. Per lui, oltre che un dovere professionale, era un vero piacere. Prepararsi un catino di acqua calda, inumidirvi il pennello per farlo girare poi ripetutamente nella ciotola del sapone, fino a formare una ricca e vaporosa schiuma. Passare poi le setole sul viso, prima sulle guance, poi su mento e collo (i baffi ovviamente non li radeva, si limitava a regolarli ogni tanto con un paio di forbici), a lungo, fino a sentire tutta la pelle ammorbidita dall'azione congiunta di pennello e sapone. A quel punto, toccava al rasoio Gillette, quello con le lamette, perché il rasoio a mano libera, per intenderci quello del barbiere, non lo aveva mai saputo usare... senza procurarsi vistosi tagli. Pelo e contropelo, una sciacquata e un po' di crema Prep per calmare i bruciori ed era pronto ad affrontare la giornata. Naturalmente, dopo un'altra tazzina di caffè, questa presa però dopo essersi vestito, mentre Claudia, ancora mezzo addormentata e imbronciata, consumava di malavoglia la sua prima colazione. Due parole sulla giornata a scuola, con vaghe risposte poco entusiastiche da parte della bambina, un bacio a Lucia, e via, con il suo passo pesante ma deciso, verso la fermata del tram che lo avrebbe portato come tutti i santi giorni in commissariato.

Erano le otto meno un quarto, il tempo non era un gran che, anche se aveva cessato di piovere. Il tram, fortunatamente, arrivò subito, e Mario Arrigoni vi salì, ben chiuso nel suo cappotto grigio, la testa protetta dal cappello, il suo caro, vecchio Borsalino. Si sedette sulla panca di legno che fungeva da sedile e cominciò a pensare alla prossima giornata di lavoro. Per la prima mezz'ora, barba, figlia, moglie... e caffè lo avevano distratto, ma adesso la faccenda di via Tadino richiamava inesorabilmente la sua attenzione. Da lì a pochi minuti, ne avrebbe discusso con Mastrantonio e Di Pasquale. Bisognava poi informare il vicequestore dottor Respighi, il suo superiore, pensando bene a che cosa raccontargli e, soprattutto, a come raccontarglielo.

Era chiaro che sarebbe stato più semplice e facile per tutti archiviare il fatto come un suicidio: una donna era fuori casa, sul ballatoio del quarto piano, e dopo qualche minuto si trovava morta in cortile, in seguito a un volo di circa dieci metri. Per di più, con nessuno in giro, tutti in casa a godersi il caldo delle stufe in quel tardivo freddo d'inizio marzo, a scambiare due parole, a leggere il giornale o a sentire la radio prima di andare a letto. Che cos'altro poteva essere successo? Lei si era buttata, punto e a capo. Non era così semplice, ma quello che non quadrava nella teoria del suicidio se lo sarebbe tenuto per sé, perché il vicequestore era uno che non amava andare controcorrente e "perdere tempo inseguendo dei fantasmi", come si compiaceva spesso di affermare.

A parziale consolazione, pensò che non avrebbe dovuto combattere anche con i magistrati. A quell'epoca, infatti, non si facevano vivi in queste fasi delle indagini preliminari. Non si esponevano, e nessuno nemmeno sapeva come si chiamassero, perché anche la stampa li ignorava. Intervenivano solo alla fine, a esito del caso ormai definito dalla Polizia o dai Carabinieri. Erano invece molto famosi, con i loro nomi sui giornali e sulla bocca dell'opinione pubblica, questori, commissari, ispettori, persino marescialli dei Carabinieri.

Arrigoni varcò la soglia del commissariato, dove già c'erano alcune persone in attesa. Salutò l'agente centralinista Maiocchi, l'unico suo concittadino milanese in mezzo a una maggioranza di meridionali, e gli chiese se c'erano novità. Sì, aveva chiamato il dottor Respighi, e gironzolavano intorno un paio di giornalisti, cronisti di nera, che volevano notizie sul suicidio di via Tadino.

– Mattiniero il mio capo! Grazie, Maiocchi, poi lo chiamo. E ai giornalisti ci penserà più tardi Mastrantonio, anzi lo cerchi e gli dica di venire da me con Di Pasquale. E, come al solito, ci faccia tre bei caffè, grazie.

Ciò detto, si diresse nella sua stanza. Tolse dalla scrivania un bel po' di carte ancora lì dal giorno prima ed estrasse dalla borsa il suo quaderno dove la sera aveva trascritto gli estremi del caso e le sue impressioni in merito. Dopo un attimo vide entrare il suo vice con Di Pasquale, come sempre il giorno e la notte: tanto accigliato e scuro in volto il primo, quanto solare, sorridente e sprizzante ottimismo il secondo.

– Buongiorno a tutti e due. Dormito bene? In forma per affrontare una dura giornata di lavoro?

– Sì, signor commissario – risposero i due all'unisono.

– Bene. Vi aggiorno sulle ultime novità. Ieri sera, come sapete, mi sono trattenuto in via Tadino, dopo aver visitato i Bernacchi, e ho avuto un lungo colloquio con la portinaia, la signora Anna, che non ha smentito la fama della categoria, intendo in termini positivi.

Riferì ai suoi collaboratori tutto quello che aveva saputo, pettegolezzi inclusi, sorseggiando il caffè fatto da Maiocchi, con la caffettiera che lui aveva personalmente acquistato mettendola a disposizione di tutto il commissariato. Passò poi a tracciare una prima sintesi del caso.

– Dunque, completando quello che già avevamo anticipato ieri sera dopo i primi riscontri, questa è la situazione:

• La donna che dovrebbe essersi suicidata buttandosi dal quarto piano era una persona vivace, che amava la vita e il divertimento, e senz'altro amava anche gli uomini, con buona pace del marito, acquiescente e sottomesso.

• Non si evidenziano, dunque, almeno sulla base delle informazioni finora in nostro possesso, motivi che possano spiegare o giustificare un tale gesto da parte della signora Clara Bernacchi. Né ci aiuta in questo senso il grido della donna durante la caduta.

• Di contro, bisogna onestamente riconoscere che allo stato dei fatti mancano indizi che possano far pensare a un'ipotesi di altra natura, cioè, per parlar chiaro, a un fatto delittuoso.

– Ma commissario, mi permetta... – intervenne Mastrantonio. – Lei dà tanta importanza a quell'urlo. Ma chi non griderebbe trovandosi, anche se per propria volontà, a precipitare dal quarto piano? E il "noooo" poteva anche non essere un "no". Siamo così sicuri che il tabaccaio abbia sentito bene?

– L'avete interrogato voi.

– Sì certo – interloquì De Pasquale – e confermo che l'ha detto. A dire la verità, anch'io trovo la cosa molto strana.

Arrigoni notò che, come sempre, Di Pasquale faceva funzionare il cervello meglio del suo vice, per lo meno non dava nulla per scontato. Ne avrebbe fatta di strada, il ragazzo, se continuava così. Riprese poi il suo discorso.

– Ora, anche solo per suffragare l'ipotesi del suicidio su basi meno ovvie di un generico "non potrebbe essere altrimenti", dobbiamo indagare su diversi fronti, e per la precisione:

• Fronte scientifico. In attesa dei risultati dell'autopsia, che difficilmente ci daranno indicazioni utili, direi di procedere in questo modo. Prima di tutto, è necessario incontrare il medico personale della defunta. Potrebbe, ad esempio, dirci se negli ultimi tempi non stava bene, che so, aveva un esaurimento nervoso o una grave malattia di cui nessun altro era al corrente, qualcosa che insomma possa giustificare uno stato mentale particolarmente disturbato. Per completare l'indagine su questo fronte, aggiungerei una visita alla farmacia di fiducia, se ce n'era una. Ci potrebbe rivelare eventuali iniziative autonome della donna in termini di farmaci, cioè l'acquisto di medicinali senza la prescrizione del medico.

• Fronte gente. Bisogna preparare un elenco di tutti gli inquilini della casa, e dico tutti, anche se sono un centinaio, allo scopo di decidere quali sarà utile interrogare per: a) approfondire le informazioni su usi e costumi della signora, già anticipate dalla portinaia; b) scoprire se, la sera del fatto, qualcuno ha visto o notato qualcosa di particolare o insolito, intorno all'ora che ci interessa.

– Per trovare l'assassino? – si inserì Mastrantonio, con un tono a metà strada fra quello di chi vuol mostrare di aver capito e quello di chi ostenta scetticismo.

– Mastrantonio, per favore! – sbuffò irritato il commissario. – Se mi deve interrompere, lo faccia a ragion veduta. Dunque, sentiremo tutti gli inquilini che riterremo interessanti per l'indagine, per non correre il rischio di trascurare alcunché riguardante la Bernacchi e la sua famiglia: rapporti, amicizie, inimicizie, screzi, antipatie, vecchi rancori... Registriamo tutto, anche le voci apparentemente più strane, campate in aria, partigiane, invidiose. Ci penseremo dopo a fare pulizia. La portinaia per adesso non contiamola, l'ho già sentita abbastanza io ieri sera, e non so se sia il caso di coinvolgere la sua bizzarra figlia, non credo ne sappia più della madre, e mi risulta faccia vita appartata nel caseggiato, comunque vedremo. Dalla signora Anna dovrete invece farvi dare l'elenco degli inquilini piano per piano: componenti della famiglia, adulti e bambini, mestieri, eccetera. La portinaia sa tutto, e le piace rendersi utile, collaborerà con entusiasmo.

Quando avrete completato la lista, faremo la nostra selezione e ci organizzeremo per iniziare i colloqui.

• Fronte famiglia. Già mi sono intrattenuto con i Bernacchi ieri sera, ma erano ancora tutti troppo scossi. Voglio senz'altro convocarli per un nuovo colloquio, quando... direi che dipende dalla data del funerale. Informatevi anche su questo.

• Fronte esterno. È opportuno prevedere una visita ai negozi dei dintorni che la signora frequentava, senza dimenticare la "Stella d'oro", il locale da ballo dove lei passava pomeriggi e serate intere. Anche in questo caso, sarà sufficiente chiedere nomi e indirizzi alla portinaia. Se tutto è chiaro, vi saluto e vi auguro buon lavoro. Ci vediamo più tardi nel pomeriggio.

– Ma commissario – intervenne Mastrantonio – con tutto il rispetto, ritiene proprio necessario mettere in piedi questo can can per un caso di suicidio così evidente?

– Mastrantonio, con tutto il rispetto, mi lascia decidere come fare il mio mestiere, almeno fino a quando il commissario capo qui sono io? – fu la secca e seccata risposta di Arrigoni. – Fate come vi ho detto. Andate in via Tadino e tornate con i taccuini pieni di dati e notizie. Grazie ancora e arrivederci. Ah, dimenticavo, ci sono un paio di giornalisti in caccia di notizie. Forse fanno in tempo a far uscire un articolo nella prossima edizione, Mastrantonio, ci pensi lei. Ma, mi raccomando, niente lunghi discorsi da Sherlock Holmes. Si limiti a riferire i fatti: che cosa è successo, che stiamo aspettando gli esiti dell'autopsia... e soprattutto, anche se il dubbio è forse solo mio, non faccia nessun accenno all'ipotesi che potrebbe non trattarsi di suicidio.

Usciti i due, Arrigoni ricontrollò i suoi appunti, aggiungendovi qualche ulteriore annotazione, per passare poi all'esame di un mucchio di scartoffie d'ufficio che aspettavano la sua firma. Al termine, si accorse che era già passato mezzogiorno, ricordandosi che non aveva ancora richiamato il vicequestore. Lo fece immediatamente. Il dottor Respighi ascoltò con relativa attenzione, concludendo che fortunatamente, questa volta, il caso sembrava essersi già risolto da solo. Arrigoni, nonostante l'ottimo rapporto con il suo superiore, preferì non accennare ai suoi dubbi, anzi rassicurò il Respighi sul fatto che tutto procedeva regolarmente, capendo benissimo che il suo capo non aveva troppa voglia di tirarla per le lunghe, davanti a una così evidente soluzione preconfezionata. Per guadagnare un po' di tempo, senza creare allarmi, si limitò a dire che, prima di archiviare il caso, sarebbe stato opportuno da un lato raccogliere qualche dato sulla defunta, dall'altro avere almeno gli esiti dell'autopsia. Sapeva benissimo di fare la figura del fesso, perché di che utilità per l'inchiesta sarebbe stato sapere che cosa c'era nello stomaco della vittima? La risposta era scontata, ma qualche scusa doveva pur trovarla per continuare l'inchiesta. Comunque, dopo un cordiale e un po' perplesso "faccia lei, sa che mi fido, ma faccia presto" il vicequestore si congedò.

In un lampo, si accorse di aver pensato a Clara Bernacchi come alla "vittima", termine solitamente riservato a chi, per l'appunto, era vittima di un omicidio, non di un suicidio. Che il dubbio si stesse così fortemente insinuando nella sua mente al punto da condizionarne parole e pensieri? "Attenzione a non dargli troppa corda, cautela, commissario, cautela", si ammonì.

Eseguito anche il compito di riferire al suo superiore, che almeno aveva il buon gusto di non atteggiarsi a superinvestigatore, cominciò a sentire i primi morsi della fame. Per placarla almeno un po', si accese il secondo sigaro della giornata.

A mezzogiorno, di solito non tornava a casa per pranzo, per lasciare un po' di libertà alla moglie che, oltre a doversi occupare della figlia, durante la giornata svolgeva lavori di cucito con la Singer a pedale regalatale dalla madre. Questo la faceva sentire utile e impegnata, e i soldi che guadagnava le davano la soddisfazione di contribuire al miglioramento del bilancio familiare.

Inoltre, Arrigoni preferiva non allontanarsi troppo dall'ufficio, anche perché ritornarvi per una chiamata improvvisa avrebbe rovinato il piacere della sosta casalinga.

C'era, nella zona intorno al commissariato, in via Morgagni, la trattoria toscana "I fratelli di Altopascio", dove si mangiava bene, sano e genuino, e dove agli uomini della Polizia era riservato un trattamento di favore, nei prezzi e... nelle dimensioni delle porzioni. Ma quel giorno non aveva voglia di andarci da solo, trovava molto triste lo spettacolo di un uomo di mezz'età, magari di cattivo umore, seduto al tavolo che mangiava leggendo contemporaneamente il giornale.

No, oggi no, meglio andare alla fumosa e rumorosa osteria con biliardo "da Gino", in via Settala, mescolarsi alla folla vivace e pittoresca che la frequentava. Lì, c'era gente a tutte le ore, e di tutti i generi. Il bello era proprio questo, il miscuglio di tipologie umane che qui convivevano come non sarebbe stato forse possibile altrove. Dal pensionato che vi passava tutta la giornata concedendosi una sola consumazione, allo sdentato ex cantante lirico sempre in vena di raccontare aneddoti o intonare un'aria d'opera per un bianco spruzzato, cioè vino bianco con seltz e un goccio di Campari. E poi lo studente con i libri appoggiati da qualche parte, l'operaio ancora in tuta da lavoro, e gli sfaccendati senz'arte né parte, qualcuno magari con la fedina penale non proprio immacolata. Tutti stipati vicino al bancone con un bicchiere in mano, o seduti intorno ai pochi tavolini, e impegnati in accanite partite a scopa d'assi o a scala quaranta, dove ufficialmente ci si giocava solo la consumazione (e i soldi che passavano di mano alla fine?). Sempre sotto l'occhio vigile del proprietario, l'ex pugile Gino Quagliotti, che non ammetteva "casini" nel suo locale e sapeva come far rispettare l'ordine. Ma le attrazioni da Gino non erano finite qui, perché, a ridosso dei tavolini, dominava il grande tavolo col panno verde del biliardo, per accese sfide a "stecca" o alle più rumorose boccette, fra vere acrobazie dei giocatori per non fare danni all'incolumità fisica di chi si dedicava alle carte.

Arrigoni e i suoi uomini ci andavano spesso e volentieri, ed erano ormai conosciuti e accettati, anche se si sapeva che erano della "pula"*. Perché da Gino si viveva come in un porto franco dove, per una legge non scritta, le differenze, sociali e professionali se non morali, restavano fuori della porta d'ingresso. Chi non ci stava e non si adeguava, non tornava una seconda volta.

Mangiarsi lì un paio di panini con un buon bicchiere di vino era un modo piacevole e rilassante, oltre che a buon mercato, di passare l'ora del pranzo. Ottimi panini che, a dire il vero, Gino e i suoi clienti chiamavano esoticamente "sanguis", senza sapere che il termine era una storpiatura dell'inglese *sandwich*. Storpiatura non unica a quell'epoca. Per fare solo alcuni esempi, nel mondo del calcio si usavano strane espressioni, sia allo stadio sia sui campi del calcio giovanile, come per esempio "opsei" per indicare il fuorigioco (in inglese, *off side*) oppure "enz" a indicare un fallo di mano (in inglese, *hands*). Certamente, il calcio era nato in Inghilterra, e forse l'uso di termini così astrusi ne era una naturale conseguenza, non certo segno di snobismo, ma di ignoranza e di

* In gergo, la Polizia.

un orecchio non molto esercitato alla comprensione delle lingue estere. Anche perché allora l'inglese non lo conosceva quasi nessuno, essendo principalmente il francese la lingua insegnata nelle scuole italiane.

Tornando ai "sanguis", questi avevano ormai acquisito anche l'onore della vetrina. Su quella di Gino, e su quelle di molte altre osterie e trattorie milanesi, occupava ampio spazio un cartello dove era scritto, a caratteri cubitali: "QUI OTTIMI SANGUIS CON SALAME NOSTRANO".

E vada per il sanguis, decise Arrigoni, prendendo cappotto e cappello.

5

Circa un'ora più tardi, dopo due robusti panini, pardon sanguis, con salame annaffiati da un paio di generosi bicchieri di Barbera e seguiti da un buon caffè forte, Arrigoni si accese un sigaro e si accinse a fare una breve passeggiata distensiva che, allungando il percorso per passare deliberatamente in via Tadino (mai dimenticarsi del luogo del delitto!), in una decina di minuti l'avrebbe riportato al commissariato.

Lungo il tragitto, fu come al solito amareggiato dalla visione dei molti spiazzi con macerie, proprio nei punti dove un tempo sorgevano interi palazzi abitati da centinaia di persone. Se ne vedevano ancora anche in pieno centro, e spesso questi angoli di città che evocavano tremendi ricordi si erano trasformati in improvvisati campi da calcio per i ragazzini, con qualche mattone superstite a fare da palo, come qui, all'angolo fra via Tadino e viale Tunisia. Erano state così tante le case distrutte dai bombardamenti che l'amministrazione comunale aveva identificato una zona, tra la Fiera Campionaria e lo stadio di San Siro, dove depositare le macerie, creando una specie di altura, l'unica in una città naturalmente piatta come un'asse da stiro. Col tempo, sopra sarebbero cresciuti prati e alberi, creando un angolo verde e sopraelevato già battezzato popolarmente "la Montagnetta di Milano", ma ufficialmente denominato Monte Stella.

Quando arrivò in commissariato, di Mastrantonio e Di Pasquale non c'era ancora traccia, cosicché decise di concedersi un pisolino seduto sulla sua poltrona, a porta ben chiusa. Erano circa le due del pomeriggio, quando fu svegliato da un insistito bussare. Cercando di riacquistare un'aria presentabile e sveglia, pronunciò un altisonante "avanti", dopo di che i suoi due collaboratori entrarono con ben in vista i loro taccuini per appunti.

– Allora, com'è andata la visita in via Tadino?

– Insomma, – fu il commento come al solito scettico di Mastrantonio – ci sono ben ventotto appartamenti nella casa, il che significa non meno di un'ottantina di persone. Anche se la portinaia dice che certe persone è inutile interrogarle, tanto non sanno niente e conoscevano a malapena la Bernacchi...

– Certo, Mastrantonio, adesso facciamo dirigere l'inchiesta da una portinaia, con tutto il rispetto per l'acume della signora Anna! Avanti, descrivetemi la composizione della casa.

– Per sua informazione, non ci siamo accontentati del resoconto della portinaia, abbiamo girato per lo stabile visitando i vari appartamenti, per raccogliere direttamente il maggior numero di dati. Sfortunatamente, non tutte le porte erano aperte. Comunque, in qualche modo siamo riusciti a completare il quadro, recensendo tutti gli inquilini.

– Mi auguro che abbiate messo particolare cura e impegno nel controllo degli abitanti del quarto piano, i più vicini alla vittima e al luogo della disgrazia, per lo meno dal punto di vista logistico.

– Sicuramente... ma, commissario, ha detto "vittima"? – subito puntualizzò Mastrantonio, con un tono a metà strada fra l'inquisitorio e il polemico.

– Sì, vittima, – fu la secca risposta, – anche di se stessa, o di uno scherzo del destino, o di un incidente, se non di un delitto. Non importa, quando un essere umano muore, è sempre la vittima di qualcosa o di qualcuno! Andiamo avanti.

Mastrantonio non fece alcuna obiezione, aprì il taccuino e iniziò, con l'aiuto di Di Pasquale che controllava sul suo, a elencare nomi, cognomi, caratteristiche e professioni degli abitanti della casa, dal primo all'ultimo piano. Le informazioni raccolte, effettivamente, erano esaurienti dal punto di vista anagrafico e descrittivo, e permettevano una prima scrematura in merito alle possibili testimonianze. La prima decisione fu di escludere a priori un buon numero di vecchiette solitarie e di coppie molto in là con gli anni, ai limiti dell'ospizio o dell'infermità di mente. L'attenzione dei tre poliziotti si concentrò invece su individui o gruppi familiari che per età, professione, affinità o abitudini, potevano aver avuto rapporti teoricamente più stretti con Clara Bernacchi, nonché l'opportunità, per la loro collocazione all'interno dello stabile, di notare qualcosa di utile alle indagini.

La selezione portò a un elenco che comprendeva:

Al quarto piano: a) I Rossi, padre falegname, madre casalinga e Giorgio, figlio ventenne, studente universitario, quello che prendeva lezioni di chitarra dalla signora Clara. b) I Grifoni, una coppia di pensionati con figlia quarantacinquenne impiegata al Catasto edilizio. c) I Verdelli, quarantenni, negozianti di alimentari, con due figli, maschio e femmina di circa dieci anni. d) I Caligiuri, lui meridionale titolare di un negozio di parrucchiere per uomo, lei emiliana, casalinga, più la figlia venticinquenne impiegata alle Poste. e) I Mastretti, un vetraio già in età da pensione, vedovo e con figlio ventottenne scapolo e convivente, che lavorava con lui al negozio.

Al terzo piano vennero presi in considerazione solo due gruppi familiari: a) I Maraviglia, padre, madre e figlio undicenne, la cui caratteristica più interessante consisteva nella gestione di un baracchino di bibite ai Giardini Pubblici, a cento metri dalla postazione dove stavano le automobiline del Bernacchi. b) I Verticale, Giuseppe e Luciana, intorno alla trentina, con una bambina di quattro anni. Lui faceva il meccanico in un garage, lei era casalinga, e saltuariamente aiutante in una sartoria. L'aspetto più stimolante della coppia, dal punto di vista dell'indagine, era costituito dal fatto che, secondo la testimonianza della portinaia, la signora frequentava assiduamente la Bernacchi, di cui era anche "compagna di scorribande" (per usare la colorita espressione annotata da Di Pasquale).

Al secondo piano, entrarono nella lista: a) I Cannavaccio, famiglia numerosa di origini salernitane, padre rappresentante e madre casalinga, con cinque figli (ma dove li mettevano a dormire in due stanze?), fra cui due ragazze più o meno coetanee di Marcella Bernacchi. b) Gianni e Mariuccia Morimondo, marito e moglie, milanesissimi, ultrasettantenni, lui pensionato delle Ferrovie, lei ex domestica a ore. Senza più figli in casa, vivevano lì da un'eternità. A sentire la portinaia, la signora Morimondo era un'inguaribile impicciona, sempre col naso sul vetro della porta o della finestra, pronta a spiare e curiosare nella vita degli altri. Ecco perché era stata inserita fra le persone da interrogare, ad onta dell'età!

Al primo piano, non c'era proprio nessuno da convocare, perché un appartamento era occupato dalla portinaia e due riuniti in uno dal tabaccaio, già ascoltato. Gli altri, disabitati o temporaneamente vuoti, in attesa di nuovi inquilini.

– Come primo commento, – attaccò Arrigoni – mi sembra che abbiamo davanti un campionario di persone per bene. Nessun pregiudicato, nessuno in galera, tutti con lavori onesti e controllabili. Questo dovrebbe facilitarci il compito, anche se, al contrario, un elenco di incensurati non ci favorisce con il nome di qualche persona sospettabile per definizione. E come vede, caro Mastrantonio, il suo è stato "molto rumore per nulla", per dirla con Shakespeare: si è fasciato la testa prima di rompersela. Infatti, se ho contato bene, le persone da interrogare fanno parte solo di nove nuclei familiari e in tutto saranno meno di una trentina. Ce la possiamo fare in una giornata. E per quanto riguarda medico, farmacista, negozi e fornitori vari siamo a posto?

– Ecco qua, ci ha pensato come sempre la signora Anna – rispose Di Pasquale. – Che sveglia quella donna, e che memoria! Se il suo corpo avesse la velocità della sua testa, si muoverebbe come un fulmine di guerra! – e si preparò, taccuino alla mano, a sciorinare nomi e indirizzi.

– Bene, ottimo lavoro, complimenti a tutti e due. Vada, Di Pasquale, cominciamo con il medico e il farmacista.

– Il medico della famiglia Bernacchi, come di molti altri nella casa, è il dottor Alberto Minati, con studio in via San Gregorio. Il farmacista di fiducia della signora Bernacchi è il dottor Giacomo Buttafarro, titolare dell'omonima farmacia che si trova in corso Buenos Aires, di fronte alla fermata del tram.

– Ottimo, per adesso stop! Telefonerò subito a questi due signori, allo scopo di ottenere un appuntamento al più presto, non più tardi di domani mattina. Nel frattempo, vediamo di mettere a punto il resto.

– Il resto in che senso?– chiese Mastrantonio.

– Ve lo dico subito. In primo luogo, dobbiamo prepararci a interrogare gli inquilini della nostra lista, ma non lo faremo né oggi né domani. Già abbiamo parlato con tabaccaio, portinaia e famiglia Bernacchi. Gli altri, lasciamoli ancora tranquilli: noi sappiamo chi sono, loro forse nemmeno immaginano che prima o poi dovranno venire a trovarci e a raccontarci quello che sanno. Tutti ovviamente pensano che si è trattato di un suicidio, continuino pure a pensarlo. Aspettiamo che si siano calmate le acque, che la vita di ogni giorno sia rientrata nella normalità, che l'impatto di un fatto così eccezionale si sia attutito. La gente sarà anche più rilassata e disponibile a rispondere alle domande. E, se c'è qualcuno che ha qualcosa da nascondere, penserà di averla fatta franca, visto che ce la prendiamo così comoda: troveremo le sue difese allentate quando lo interrogheremo. Dunque, possiamo permetterci di aspettare qualche giorno, e cominciare, per esempio, dopo il funerale. Sapete per quando è previsto?

Rispose ancora Di Pasquale:

– Se l'autopsia finisce oggi o domani, come sembra secondo quanto mi hanno detto all'obitorio, entro un paio di giorni. Direi, saltando la domenica, lunedì. Controllerò comunque anche con l'impresa di pompe funebri.

– E se così è, noi il giorno dopo cominceremo le nostre "interviste". Diamo per acquisito di iniziare martedì mattina. L'elenco è pronto, Di Pasquale lo batterà in triplice copia. Procediamo secondo prassi: mettiamo giù una bella convocazione scritta per tutti. Se poi giudicheremo necessari ulteriori approfondimenti, potremo fare un secondo interrogatorio, anche con una visita a casa.

– Vedrà che non ce ne sarà bisogno, commissario. Forse non serve nemmeno il primo, secondo me, – fu il commento di Mastrantonio, sempre abbarbicato alla validità dell'ipotesi suicidio.

– So come la pensa, Mastrantonio, e lei sa come la penso io. Ognuno rispetti le idee dell'altro, ma smettiamola con queste menate e mettiamoci al lavoro! Per prima cosa, domani mattina consegnerete le convocazioni, è sabato e probabilmente ci sarà più gente in casa. E fatelo personalmente agli interessati, con discrezione, non in mezzo alla folla, non stiamo distribuendo volantini. Voglio che i convocati si sentano trattati con rispetto, anche per evitare i soliti commenti: quando uno viene avvicinato da un poliziotto e riceve un pezzo di carta, passa subito per un delinquente. Agite con gentilezza, minimizzate, dite che è una routine burocratica che si segue sempre quando c'è una morte violenta, e anche un suicidio lo è. Decidete insieme con loro gli orari del colloquio, mantenendo un intervallo di almeno mezz'ora fra uno e l'altro. Per lasciare a tutti la possibilità di organizzarsi, direi di cominciare alle otto e trenta del mattino di martedì, continuando eventualmente nel pomeriggio, dopo una pausa di un'ora e mezzo. Se ci fossero dei problemi per gli orari, cercate di venire incontro alle esigenze di tutti, concordando con pazienza qualche scambio con i diretti interessati. D'accordo?

Sistemato martedì, torniamo a oggi. Mentre io chiederò un appuntamento a medico e farmacista, voi sparite di qui e andate a visitare tutti i negozi che vi ha segnalato la portinaia, più la sala da ballo "Stella d'oro" di via Spallanzani. Attenzione: quest'ultimo, a mio avviso, è un posto che svolge un ruolo chiave in tutta la storia, teniamolo ben presente. Interrogate tutti, titolari, camerieri, baristi, orchestrali e chi più ne ha più ne metta. E cercate di tirarne fuori il massimo, strizzateli fino a far uscire l'ultima goccia di informazione, mi raccomando, perché lì la donna era conosciutissima. D'accordo?

– D'accordo, capo, – rispose con un mezzo sorriso Mastrantonio. – Chi troveremo, interrogheremo, chi non troveremo...

– Tornerete a cercarlo, se serve anche la sera, autorizzo gli straordinari, – precisò subito Arrigoni, che non aveva né voglia né tempo di sprecare energie per rintuzzare i distinguo del suo sottoposto.

– D'accordo, caso mai ci va Di Pasquale, se proprio ci si deve andare di sera, così trova anche modo di divertirsi...

– Va bene, si vedrà, ma adesso muoviamoci e mi dovete far sapere se tutto è filato liscio o se ci sono stati dei problemi. Se non ce la fate a rientrare, voglio che mi telefoniate. Io oggi finalmente potrò dedicarmi all'ispettore Giovine, che sta occupandosi dell'indagine sulla rapina alla gioielleria, è tutto il giorno che mi fa la posta. Se per caso non mi trovaste, lasciate detto a Maiocchi, tanto prima di andare a casa comunque ripasso, mi riferirà lui. Grazie, arrivederci e buona caccia! Ah, nel caso non riuscissimo a vederci o sentirci, l'appuntamento è qui domani mattina, a che ora dipende da quanto dureranno gli incontri con medico e farmacista.

Rimasto solo, fece una telefonata a casa per un saluto e qualche notizia, e si dedicò alla lettura di diverse note di servizio. Ricevette poi l'ispettore Giovine.

Avellinese, trentaseienne con laurea in giurisprudenza, Alfredo Giovine era ispettore al commissariato Porta Venezia da un paio d'anni, proveniente dalla Questura di Como. Brillante e acuto, godeva della massima stima da parte di Mario Arrigoni, che gli affidava con fiducia indagini in piena autonomia. In effetti, era lui il vero vicecommissario capo, con buona pace di Mastrantonio. Anche nel caso della gioielleria, Giovine aveva completamente preso in mano la situazione, mentre Arrigoni si dedicava a tempo pieno a via Tadino.

La rapina era stata messa in atto ai danni di una gioielleria di piazza Argentina, di fronte all'omonimo cinema, con la classica tecnica del finto acquisto. Un giovane uomo dall'aria distinta era entrato e aveva chiesto di vedere qualche anello per un regalo. Poi, estratta una pistola, aveva costretto il proprietario a consegnargli tutti i gioielli in vista, nella vetrinetta e sui vari ripiani. Per non correre rischi, giudicando già soddisfacente il bottino, non aveva chiesto anche l'apertura della cassaforte. Riposti i gioielli in una borsa, era uscito dileguandosi su una Vespa parcheggiata proprio fuori del negozio. Non c'erano stati testimoni oculari, né il gioielliere, evidentemente poco fisionomista oltre che terrorizzato, aveva saputo dare indicazioni utili, salvo una vaga descrizione del rapinatore: un uomo non molto alto, sulla trentina, che aveva agito a viso scoperto, ma con un ampio berretto in testa.

Di conseguenza, come sottolineava la cronaca nera dei giornali, "la Polizia brancolava nel buio". Giovine riferì di aver interrogato la portinaia, i proprietari dei vicini negozi e l'edicolante senza ottenere informazioni utili.

– Commissario, io avrei un'idea, forse è l'unica percorribile. Sperando che gli torni un po' di memoria, mostriamo al gioielliere le foto del casellario dei pregiudicati per vedere se ne identifica uno. Dalla freddezza con cui ha agito, il rapinatore non deve essere un delinquente improvvisato o alle prime armi. Che ne dice?

– Giovine, mi sembra un'ottima soluzione anche perché probabilmente è l'unica possibile, se ci fidiamo di quello che ci ha raccontato il gioielliere. Ci pensi lei e poi mi faccia sapere.

Era ormai quasi sera, quando ad Arrigoni venne in mente di provare a chiamare il medico legale. L'autopsia di Clara Bernacchi era stata messa in corsia preferenziale, per cui probabilmente poteva avere anticipazioni sugli esiti, in attesa del referto ufficiale.

Chiese del suo simpatico quasi coetaneo dottor Mariotto, che fortunatamente era ancora di turno all'obitorio. Come sempre, Mariotto fu pronto e disponibile. Cominciò col dire che non aveva scoperto niente di rilevante, sia in merito all'ora del decesso, poco prima delle venti, sia alla causa dello stesso, il violento impatto con i sassi del cortile che aveva fracassato la testa e il corpo della donna. L'autopsia non aveva evidenziato malattie palesi o latenti, né c'erano tracce di strane pillole o veleni nel contenuto dello stomaco.

– Tutto normale, però... – e qui il dottor Mariotto, che condivideva con Arrigoni il vezzo di indulgere in teatrali pause ad effetto, si esibì in un lungo silenzio – ...però, la signora era incinta di due mesi. Su questo non ci sono dubbi. Sorpreso, amico mio?

Altro che sorpreso, Arrigoni era a dir poco sbalordito! Tanto che non riuscì a mantenersi sulla stessa scherzosa lunghezza d'onda del medico e pronunciato un frettoloso "Grazie, a risentirci", depose la cornetta, forse deludendo il medico che si aspettava di scambiare qualche commento in merito.

Passarono alcuni minuti prima che si riprendesse dallo choc e assorbisse la notizia. Clara Bernacchi incinta! Pur con tutte le sue riflessioni sul caso, questo non solo non l'aveva ovviamente previsto, ma nemmeno se lo sarebbe mai aspettato. Primo, perché la donna aveva passato la quarantina, età in cui difficilmente si pensa di mettere al mondo dei figli, soprattutto quando se ne hanno già due. Secondo, perché una nuova maternità non poteva certo conciliarsi con il suo ormai consolidato e brillante stile di vita.

Giornate e serate in balera, piaceri extra coniugali più o meno leciti avrebbero trovato un notevole ostacolo nella presenza di una nuova creatura da accudire e far crescere. Insomma, non era certo una maternità pianificata e voluta, ammesso e non concesso che la diretta interessata ne fosse consapevole, trattandosi di una gravidanza ancora al secondo mese. Arrigoni era comunque convinto che nessuno ne fosse al corrente, *in primis* il marito, che era difficile immaginare (ancora una volta!) come partner del concepimento. La prova più lampante di questa probabile ignoranza collettiva era il silenzio della portinaia sull'argomento: non le sarebbe certo sfuggita una notizia così ghiotta e piccante, da commentare con la cerchia dei suoi inquilini preferiti.

Il momento richiedeva l'accensione di un sigaro. Seguendo le volute di fumo, Arrigoni si stava già avventurando in nuove, fantastiche elucubrazioni, ma tirò subito il freno: "La notizia è troppo fresca, lasciamola sedimentare. È comunque certo che potrebbe giocare un ruolo non secondario nella definizione del caso".

Tornando con i piedi per terra, la prima considerazione pratica del commissario fu che, dopo questa sconvolgente notizia, era ancor più importante parlare subito con il medico e il farmacista. Pensò di andarci direttamente senza preavviso, per la smania di non perdere tempo, ma si trattenne e, com'era sua civile abitudine, telefonò. Le sue buone maniere furono premiate: li trovò entrambi, furono molto gentili e disponibili, accettando di incontrarlo l'indomani mattina, alle nove il medico e alle dieci il farmacista.

Tra una cosa e l'altra, era quasi arrivata l'ora di tornarsene a casa. Ma quei due in giro, che cosa stavano combinando? Come se gli avesse letto nel pensiero, arrivò lo squillo del telefono. Era Mastrantonio, riferì che avevano visitato tutti i negozi, compresa la "Stella d'oro". Arrigoni tagliò corto, preferì non entrare in dettagli sulle ultime novità per evitare lunghe discussioni al telefono, rimandando all'indomani una relazione completa, né menzionò per il momento l'esito dell'autopsia. Li informò dei suoi incontri per l'indomani con medico e farmacista, e diede loro appuntamento verso le dieci e mezzo, undici. Ora, potevano andarsene tutti a casa.

Passò la serata nella quiete domestica. Dopo un reciproco aggiornamento sui fatti del giorno con moglie e figlia e una più approfondita rilettura del giornale, venne l'ora della cena, iniziata con un buon minestrone di verdure e conclusa con formaggio gorgonzola e spinaci, più mela e caffè. Una volta a letto la bambina, Mario e Lucia ascoltarono alla radio

Così è se vi pare di Pirandello, interpretata dal grande Ruggero Ruggeri.

Amavano entrambi il teatro in ogni sua manifestazione (opera lirica inclusa) e, oltre a non perdersi una commedia alla radio, ogni tanto, la domenica, si concedevano il lusso di uno spettacolo dal vivo, in centro o al più vicino Teatro Puccini. Finita la guerra, l'attività teatrale a Milano era ripresa a pieno ritmo, confermandola nella posizione di piazza più importante per le compagnie di prosa che giravano per l'Italia. Era persino nato un teatro stabile, nel senso che aveva in città il centro della sua attività, il "Piccolo Teatro" di via Rovello, dove si stava affermando il talento di un giovane regista triestino, Giorgio Strehler.

Finita la commedia, Arrigoni si concesse un bicchierino di Marsala… con toscano. E comodamente seduto in poltrona, facendo uno strappo alla regola (mai parlare di lavoro a casa!) raccontò a Lucia per sommi capi il caso di via Tadino, limitandosi a elencare i fatti nudi e crudi, senza esprimere il proprio pensiero in merito. Ci teneva a conoscere la sua opinione, quando lo faceva non era mai tempo perso: Lucia era una donna intelligente e sensibile, e buona conoscitrice dell'animo umano. Ancora una volta, non si smentì e centrò subito il cuore del problema. Secondo lei, c'era un solo motivo per prendere per buona, nonostante le molte contraddizioni, l'ipotesi di un suicidio, questo: al momento, non c'erano elementi che potessero giustificare l'esistenza di possibilità alternative, e in questa direzione bisognava orientare le indagini. Colpito dall'efficace sintesi del ragionamento della moglie, si complimentò con lei in modo, però, non canonico:

– Brava! Se mi ammalo, vai tu a sostituirmi in commissariato!

Lucia rispose con un preciso lancio di cuscino, che il marito riuscì a schivare di poco, salvando anche le ultime gocce di Marsala contenute nel suo bicchiere, poi si diresse verso la camera da letto. Dove poco dopo Arrigoni la raggiunse, si mise in pigiama e si infilò sotto le coperte, provvedendo subito ad accostare i suoi piedi sempre caldi a quelli come al solito gelidi di lei. Si immerse poi nella lettura di un romanzo di Simenon con protagonista il suo "collega", nonché idolo, Maigret. I romanzi polizieschi non erano fra le sue letture abituali, con l'unica eccezione di Maigret/Simenon. Che costituiva, in ogni caso, un temporaneo intermezzo fra le opere dei suoi autori preferiti, i grandi dell'Ottocento francese e russo, in particolare Stendhal, Flaubert, Tolstoj e Gogol. Dopo qualche pagina, spense la luce, ma faticò a prendere sonno, mentre Lucia stava già beatamente dormendo… con i piedi finalmente tiepidi.

6

Lo studio del dottor Minati, in uno stabile modesto ma decoroso, rispettava il solito cliché della categoria: una angusta anticamera-corridoio con poche sedie allineate lungo la parete e un tavolino dove erano appoggiate alla rinfusa alcune copie di vecchie riviste, "Settimana Incom", "Novella", "Grand Hotel" e una "Gazzetta dello Sport" di qualche giorno prima. Essendo ancora presto, in quel momento c'erano pochi pazienti in attesa, solo una mamma con un bambino poco più che in fasce e una occhialuta e severa signora sulla settantina. Dopo poco, la porta dello studio vero e proprio si aprì, e fece capolino un distinto omarino sulla sessantina, che indossava un immacolato camice bianco, dal cui taschino spuntava il cappuccio di una penna stilografica. Congedato il paziente, si rivolse al commissario.

– Buongiorno, lei è il commissario Arrigoni? – al cenno affermativo di risposta, continuò – Se può farmi la cortesia di aspettare cinque o dieci minuti... devo solo dare un'occhiata al bambino e prescrivere alcune ricette alla signora, poi potrò dedicarmi a lei.

– Ma certo, non voglio scavalcare nessuno. Faccia pure con comodo.

E, pur non essendo particolarmente amante dello sport, prese a sfogliare la copia della "Gazzetta" abbandonata sul tavolino, interessandosi vagamente ai pronostici per la prossima Milano-Sanremo, la cosiddetta "classicissima" del ciclismo: Coppi o Bartali? era il solito dilemma che ormai da anni si proponeva prima di ogni corsa. I favori della maggioranza andavano al più giovane Fausto Coppi, reduce da un formidabile 1949, dove aveva vinto tutte le gare più importanti, dalla Milano-Sanremo al Giro di Lombardia, riuscendo persino, primo ciclista al mondo, a centrare l'accoppiata "Giro d'Italia-Tour de France".

Come promesso, dopo una decina di minuti il dottor Minati lo introdusse nel suo studio, sobrio ed essenziale, e lo pregò di accomodarsi su una delle due sedie destinate ai pazienti, davanti alla scrivania ingombra di carte e ricettari e a fianco del lettino per le visite, protetto da un paravento. Dopo i convenevoli d'uso, cominciarono le domande.

– Grazie, dottore. Come le ho accennato, sto conducendo le indagini sulla morte di una sua paziente, la signora Clara Bernacchi. Cercherò di non rubarle molto tempo. Come lei sa, la signora è deceduta l'altra sera verso le otto, dopo una caduta dal quarto piano che l'ha portata direttamente dal ballatoio davanti a casa sua all'acciottolato del cortile. Qualche informazione di natura medica sul suo conto potrebbe aiutare a chiarirmi le idee. Per cominciare, lei da quanto tempo era il suo medico?

– La conoscevo da...vediamo, da circa otto anni, sì, era ancora tempo di guerra. L'ho anche assistita, come medico curante, durante la gravidanza, al termine della quale è nata la seconda figlia. Ovviamente ero, e sono, anche il medico del resto della famiglia.

– Possiamo dunque dire che la conosceva bene?

– Certo, nei limiti del nostro rapporto medico-paziente, – pensò bene di precisare, un po' sulla difensiva, il Minati, che forse era al corrente della fama di seduttrice della defunta – la signora Bernacchi ci teneva a controllare lo stato della sua salute, anche se in realtà stava benissimo. Veniva a farsi visitare almeno un paio di volte l'anno, per scoprire con soddisfazione di non avere nulla. Anche le analisi del sangue risultavano sempre nella norma. L'ultima volta, l'ho vista qualche settimana fa, nella seconda metà del mese di gennaio.

– Ha fatto riferimento alle analisi del sangue. Ricorda certamente che tipo di esami fossero, quelli di routine, niente di particolare?

– I soliti, più o meno... – e qui il medico mostrò un certo imbarazzo.

– Dottore, mi dica tutto. Capisco che lei è legato al segreto professionale, ma qui siamo di fronte a un caso di morte violenta. Sia franco, per cortesia.

– Ecco, faceva anche la Wassermann, che, come lei saprà, è il test rivelatore della sifilide. Per essere chiari, l'esito è sempre stato negativo. Lei affermava di aver passato delle brutte esperienze durante la guerra, e voleva vivere tranquilla. Pur senza permettermi di approfondire, avevo un bel dirle che, trascorso un certo tempo, la malattia o c'era o non c'era. Ma lei su questo punto non sentiva ragione, e la cosa mi stupiva, perché non me lo sarei aspettato da una persona certamente non sprovveduta come la signora.

Evidentemente, il dottor Minati non era del tutto al corrente dell'attività sessuale della sua paziente, e nemmeno molto perspicace, se diceva tutta la verità. Altrimenti avrebbe capito il perché dell'insistenza su quel tipo di esame, pensò il commissario, che non ritenne utile insistere sull'argomento, e continuò:

– Mi diceva che l'ultima volta l'ha vista qualche settimana fa. Ha notato qualcosa di strano, di inconsueto? Lei può capire il motivo della mia domanda: una persona si può suicidare per tante ragioni, che vanno da un evento improvviso e imprevisto che ti sconvolge a una lunga serie di problemi, fisici e psichici, che alla fine sfociano in uno stato d'animo che può anche portare a un gesto così drastico. Mi ha già detto che fisicamente la signora era a posto, compresa... la Wassermann. Ma lei è un professionista serio, si cura del corpo, ma certo anche dell'animo della gente, altrimenti non sarebbe quel bravo medico che tutti stimano. Insomma, ha notato qualche sintomo che potesse nascondere un equilibrio instabile, se non gravemente minato?

– Non mi picco di essere uno psichiatra, e non lo sono. Anche se, come dice lei, cerco di prendermi cura non solo del fisico dei miei pazienti. E per esperienza, le assicuro che riesco a individuare, anche se non sollecitato, eventuali stati di malessere psichico: in altre parole, è difficile che un esaurimento nervoso mi sfugga. Ma questo non era certo il caso della signora Clara, glielo posso garantire. Aggiungo che non mi chiedeva mai alcun medicinale per lei, né sonniferi né ricostituenti o altro, solo qualche aspirina per il raffreddore. In conclusione, perché si sia suicidata non riesco proprio a capirlo. A dispetto della mia ormai lunga esperienza, che mi ha sovente messo di fronte al dolore e alla morte, le confesso che in questo caso sono rimasto semplicemente sconvolto e sconcertato.

– Capisco, del resto è quello che dicono tutti. Oltre alla signora Clara, conosce anche gli altri membri della famiglia?

– La figlia maggiore non la vedo da tempo, veniva quando era più piccola, ora capita solo per qualche visita domiciliare in caso di influenza. Ma è accaduto molto raramente. Vedo più spesso la seconda, che è piuttosto deboluccia e ha sempre bisogno di qualcosa che le dia energia e aiuti la concentrazione nello studio, anche se frequenta solo le scuole elementari. Per intenderci, stiamo parlando di qualche cucchiaio di olio di fegato di merluzzo e delle pastiglie a base di fosforo.

– E il signor Virginio, il marito?

– Quello praticamente non lo conosco, l'avrò visto forse una sola volta in tutti questi anni, per problemi di poco conto che nemmeno ricordo. Si vede che gode di buona salute… o che non ha fiducia nel parere e nelle cure dei medici!

Arrigoni ringraziò il dottore e stava per congedarsi quando sparò, a bruciapelo, l'ultima cartuccia.

– Mi scusi, ancora una domanda. Le risulta che la signora Bernacchi fosse nuovamente incinta?

– Incinta? – reagì con stupore il medico. – A parte il fatto che si tratta di un evento un po' fuori del comune in una donna della sua età, per quel che ne so io direi proprio di no. E non ho ricevuto da lei nemmeno una telefonata dall'ultima volta che ci siamo visti. Se avesse avuto qualche dubbio, mi avrebbe senz'altro consultato. Ma perché me lo chiede?

– Perché l'autopsia ha rilevato che era incinta di due mesi. È superfluo dirle che la notizia deve rimanere riservata. Ma, sempre a questo proposito, le vorrei fare un'altra domanda: la signora poteva non essersene ancora accorta?

– È difficile rispondere. Saltare un ciclo è cosa che può capitare, due un po' meno, e l'allarme comincia a diventare rosso, ma sarebbe necessario conoscere le date precise per poter fare delle supposizioni. Mah, quella donna… – commentò il medico, con una strana punta di ammirazione nella voce. Gli estimatori di Clara Bernacchi si annidavano ovunque, notò divertito fra sé e sé Arrigoni, e concluse:

– Che lo sapesse o no, purtroppo la diretta interessata non ce lo potrà confermare. – Ringraziò per la cortesia e lasciò, questa volta davvero, il dottor Minati alle visite dei suoi pazienti.

Avviandosi verso la farmacia, non poté fare a meno di osservare come quanto detto dal medico, pur se su ben altro livello e con argomentazioni professionali, corrispondesse perfettamente alla diagnosi popolare dell'unica testimone finora sentita, la portinaia: la signora in questione non sembrava proprio soffrire di alcun malessere fisico o psichico, pertanto era sempre più difficile immaginarla come una candidata al suicidio. A meno che, ultima possibile causa ancora non esaminata, non ci fossero, dietro la facciata, seri problemi economici. Si corresse subito: probabilmente, l'evenienza non era da tenere in considerazione. Per un motivo molto semplice: se problemi economici ci fossero stati, questi non sarebbero sfuggiti alla solerte, occhiuta e curiosa portinaia che, invece, non vi aveva assolutamente fatto cenno. Dunque...

Un nuovo e molto importante elemento era, invece, costituito da questa inattesa gravidanza, che scompigliava le carte e richiedeva una nuova mescolata del mazzo. Anche l'ipotesi del suicidio sembrava riguadagnare punti: se lei l'avesse saputo, avrebbe potuto, in un momento di disperazione e di follia... No, piuttosto improbabile, anche perché non era difficile trovare un medico senza scrupoli o qualche vecchia fattucchiera per risolvere il problema. D'altro canto, pensò subito l'investigatore, questa gravidanza poteva anche costituire un fior di movente per qualcuno... una volta che si fosse chiarita tutta la storia dei rapporti sentimentali, amorosi ed erotici di Clara Bernacchi.

Tornato in corso Buenos Aires, dopo un'occhiata di apprezzamento alle ghiottonerie esposte nella vetrina della nuova rosticceria dall'invitante nome "Oasi del buongustaio", arrivò davanti all'ingresso della Farmacia Buttafarro. Entrò, si presentò e subito il titolare in persona, un uomo giovane, aitante e di bell'aspetto, lo accolse con un ampio sorriso mettendosi a sua disposizione.

Il colloquio fu breve ma significativo: sembrava che medico e farmacista si fossero passati parola. Tutto confermato, quasi una copia su carta carbone delle dichiarazioni del dottor Minati, nei limiti delle conoscenze di un farmacista. No, la signora non acquistava mai farmaci per sé, solo bende, cerotti, sciroppi, oltre ai ricostituenti per la figlia. "Lo posso dire con certezza, perché la servivo sempre io, mi era molto simpatica" aggiunse il Buttafarro, sottolineando anche quanto fosse dispiaciuto per l'accaduto.

Arrigoni, pur considerando l'evidente debole del farmacista per la defunta, dalle sue dichiarazioni trasse ulteriore alimento per le nuvole dei suoi dubbi sul presunto suicidio, che, anziché dissiparsi, si addensavano sempre più minacciosamente. Nonostante questi segnali, dal suo punto di vista positivi, sentiva che la sua mente girava sì a pieno regime, ma ancora senza un preciso e chiaro indirizzo, come un gatto che si morde la coda: come aveva sottolineato anche Lucia, da un lato un apparente suicidio senza motivi, giudicato assurdo da chiunque, dall'altro, almeno per il momento, l'assenza di qualunque evidenza che proponesse altre ipotesi plausibili. Si trovava di fronte a un vero e proprio rebus, ma ne sarebbe venuto a capo, porca miseria!

Per non saper né leggere né scrivere, come diceva sua madre, si ripromise di orientare, pur se in modo implicito, tutti gli interrogatori, con gli abitanti della casa e con chiunque altro, tenendo ben presente questo punto di vista alternativo. Ogni mossa, ogni parola detta o sentita doveva essere soppesata e valutata al fine di individuare indizi, anche barlumi di indizio, che potessero condurre a una diversa, ancor più drammatica soluzione del caso. Perché ormai era chiaro: non si trattava più di capire il perché di un gesto sconsiderato, c'era ben altro da scoprire! Il suicidio era solo un'ingannevole, subdola apparenza: come una superficie d'acqua piatta e tranquilla alla vista, che nasconde sotto di sé un minaccioso mulinello.

Rientrò in commissariato e trovò ad attenderlo i suoi due "moschettieri", pronti a relazionarlo sul loro pomeriggio di indagini, tutto registrato sui taccuini degli appunti.

A turno, i due riferirono le dichiarazioni dei vari negozianti, fondamentalmente generiche e poco rilevanti ai fini dell'indagine. Ad eccezione di un punto: escludendo gli esercizi alimentari, tutti gli altri avevano notato negli ultimi tempi, diciamo un annetto, un sensibile aumento nelle spese della Bernacchi. Lo avevano affermato la modista, la parrucchiera, la sarta e l'orefice, che ancora aveva in lavorazione per lei un gioiello, per la precisione un anello d'oro con rubino. "Chissà chi me lo pagherà, adesso", aveva anche commentato. "Dunque, ecco la conferma dell'assenza di problemi economici, anzi!" pensò subito Arrigoni, che si levò di torno l'ultimo possibile movente per giustificare un suicidio.

– E ora, chi mi parla della "Stella d'oro"?

– Pronti, commissario – rispose Di Pasquale, fin lì poco loquace – vista l'ora, non c'era tanta gente, forse sarà necessario ritornarci. Comunque, abbiamo parlato con uno dei titolari, un barista e un cameriere. Tutti conoscevano bene la nostra signora, che frequentava il locale da un bel pezzo. Sono stati un po' reticenti ad andare in profondità, secondo me per difendere la rispettabilità del locale, dove in effetti cose strane ne devono succedere. È certo che la Bernacchi si dava molto da fare, senza inibizioni, e poteva vantare un sacco di conquiste, uomini che poi "probabilmente" incontrava anche fuori di lì. "Ma questi non sono affari nostri" ci hanno tenuto a precisare i dipendenti della "Stella". È stato anche confermato il fatto che spesso la signora era in compagnia di una giovane e graziosa amica, di nome Luciana. Aggiungiamo, di cognome Verticale: ancora una volta, la portinaia non sbaglia un colpo! Questo è quanto.

– Molto bene, il nostro patrimonio di informazioni si arricchisce. Ora non solo abbiamo altre dichiarazioni che ribadiscono il comportamento disinvolto della signora, ma emerge anche una disponibilità economica fuori del comune, per la moglie di un modesto noleggiatore di automobiline a pedali. Da dove venivano tutti questi quattrini? Per il momento, teniamoci dentro la più scontata delle risposte… In ogni caso, i contorni del ritratto si stanno facendo sempre più nitidi e chiari. E non finisce qui, perché ho anch'io una grossa novità da comunicarvi... – dopo una lunga pausa ad effetto (come noto, non era solo il medico legale dottor Mariotto ad avere certe debolezze), continuò – Cominciamo da medico e farmacista. Qui nulla di nuovo, le solite impressioni sul carattere e la salute della Bernacchi che non vale la pena continuare a ripetere. E con le testimonianze abbiamo finito, – sembrò concludere teatralmente il commissario. – Domande?

– E dov'è la grossa novità? Ci sta prendendo in giro? – intervenne Mastrantonio.

– Ma no, – rise divertito il commissario – volevo tenervi un po' sulle spine. La vera, sconvolgente novità viene… vediamo se uno di voi due l'indovina. – proseguì il commissario, con una vena giocherellona stranamente molto attiva, qui in versione "gatto che gioca col topo".

– Ci provo, tanto non c'ho niente da perdere – si lanciò Di Pasquale. – Abbiamo parlato di tutto, meno che dell'autopsia. Sta lì la grossa novità?

– Di Pasquale, lei è così bravo e furbo che, se avessi i soldi, gliela regalerei io quella Lambretta che tanto desidera! È stato proprio l'esito dell'autopsia a metterci nelle mani un dato che potrebbe, dico potrebbe, avere un ruolo di primo piano nella nostra inchiesta.

– E cioè?

– L'autopsia non ha rilevato niente di particolare, a parte il fatto che Clara Bernacchi (pausa)… era incinta di due mesi!

– Incinta? – fu la contemporanea reazione dei due.

– E di chi? Non certo del povero Virginio, – aggiunse malignamente Mastrantonio, in questo caso a ragione.

– Non andiamo subito alle conclusioni. Ufficialmente, per lo stato civile, il padre sarebbe stato proprio il signor Virginio, ma devo ammettere che condivido il suo dubbio. Vedremo se gli interrogatori ci porteranno lumi anche su questo punto. A proposito di interrogatori, si sa quando ci sarà il funerale?

– Lunedì mattina alle dieci, l'ho visto anche scritto sull'avviso fuori del portone, vicino ai paramenti.

– Bene. Ora, questa inattesa gravidanza ci fornisce anche un nuovo possibile movente per chiunque sia stato a mettere incinta la Bernacchi, a parte il marito. Perché sono sempre più convinto che abbiamo a che fare con un omicidio: volontario, colposo, preterintenzionale, questo è tutto da vedere. Per essere più chiari, qualcuno potrebbe aver buttato giù di proposito la signora, oppure la stessa potrebbe essere caduta a causa di un malaugurato incidente, uno spintone durante una lite, una colluttazione. Tenete anche presente che il bordo della ringhiera non è molto alto, dunque facile da scavalcare, anche controvoglia. Obiezioni? Mastrantonio?

– Certo, può essere andata così come dice lei. Anche se, alla luce della novità, non trascurerei la prima ipotesi, la più semplice. Pensavo, ad esempio, che magari si è buttata per la disperazione di essere incinta...

– Le confesso che ci avevo pensato anch'io, ma deve convenire con me che la Bernacchi non era proprio il tipo da lasciarsi prendere dal panico per così poco, non le sarebbero mancate le idee e le soluzioni per eliminare il problema. Dunque, se non ci sono altri commenti, possiamo continuare. Avete fissato gli orari dei colloqui con gli inquilini?

– Sì, signor commissario, – fu la pronta risposta di Di Pasquale, che consegnò un foglio dattiloscritto al suo superiore. – Ecco la lista dei nomi e degli orari. Allora, si comincia martedì mattina alle otto e trenta.

– Benissimo. Permettetemi ancora una raccomandazione. Dopo tutto quello che ci siamo detti, ricordiamoci che dovremo condurre gli interrogatori come se cercassimo spiegazioni per capire i motivi di un suicidio, ma in realtà le nostre domande dovranno avere come scopo effettivo, primario e sempre presente nella nostra testa, quello di capire se c'è qualche elemento che ci può condurre alla scoperta di un reato delittuoso. È chiaro?

– Mi scusi, commissario, – attaccò Mastrantonio, – tanto per la precisione, non dobbiamo però arrivare al punto di chiedere agli inquilini se, secondo loro, qualcuno poteva avere motivi per togliere di mezzo la signora Bernacchi...

– Sicuro, dobbiamo essere più sottili. Tutti i nostri convocati, anche l'eventuale colpevole, pensano che noi stiamo indagando per avere chiarimenti su un suicidio. Non dobbiamo, lo ripeto, far trapelare in alcun modo che abbiamo in mente qualcos'altro, anche per non insospettire il possibile autore del crimine, o suoi complici, se ce ne sono. Saremo noi a dover valutare le risposte sotto la giusta angolatura... Comunque, gli interrogatori li condurrò io, insieme con lei, Mastrantonio. Ma attenzione ai suoi interventi, se ne vorrà fare. Non si sbilanci troppo, né in un senso né nell'altro. Di Pasquale, lei verbalizzerà il tutto e farà poi firmare le relative dichiarazioni. È già stato fatto con la deposizione del tabaccaio? Bene, ora diamo un'occhiata all'elenco dei convocati. Immagino si tratti solo degli adulti, anche se a volte i bambini notano cose che sfuggono ai grandi, ma vista l'ora in cui è avvenuto il fatto... Ecco i nomi, sì, sì... – scorrendo la lista, si accorse di una grossa lacuna. – Ma vedo che qui non ci sono il figlio dei Rossi e le due giovani Cannavaccio, le coetanee di Marcella, che bambini non sono.

Rispose Mastrantonio:

– Purtroppo non erano a casa e non potevamo fissare l'ora con i genitori. E poi, dobbiamo prenderli in considerazione, anche se sono così giovani, ancora minorenni?

– Ma porca miseria! Stiamo parlando di un giovanotto che frequentava assiduamente la defunta, per delle lezioni di chitarra... se pur solo di questo si trattava.

– Commissario, lei insinua...?

– Io non insinuo niente, ma se lei si fosse soffermato a fare qualche riflessione in più, si sarebbe reso conto dell'importanza di questa testimonianza, diavolo!

– Possiamo rimediare al funerale, o anche prima, volendo – si inserì Di Pasquale. – Anzi, finito qui, torno in via Tadino a cercarlo. Per l'ora di pranzo sarà sicuramente a casa.

– Bravissimo Di Pasquale, ci pensi lei. E adesso, ci sta ancora un altro caffè, poi... oggi è sabato, chi è di turno se ne stia qui tranquillo a sistemare altre pratiche, chi non lo è se ne può andare anche subito. Ci vedremo al funerale, lunedì mattina. Una volta lì, muoviamoci con discrezione, evitiamo di farci notare, ma teniamo gli occhi bene aperti. In tutti i libri gialli che si rispettino, si scopre sempre qualcosa ai funerali delle vittime, vero don Salvatore Mastrantonio?

Rimasto solo, si rilassò, perso nei suoi pensieri, molto soddisfatto dei progressi dell'indagine. Tanto soddisfatto che decise di chiamare il vicequestore per aggiornarlo e comunicargli finalmente il suo vero, nuovo punto di vista. Come immaginava, lo trovò un po' perplesso, avendo considerato il caso già chiuso con un'archiviazione di suicidio, ma come sempre disponibile. Infine, convinto dalla stringente analisi dei fatti espostagli da Arrigoni, lo autorizzò a continuare l'indagine.

Esaurito il suo compito, il commissario si regalò un buon pranzetto, questa volta alla trattoria dei "Fratelli di Altopascio". Aveva molta fame ed era così di buon umore da poter tollerare senza danni anche un pasto in solitudine, questa volta!

Alla fine, dopo il caffè e con il toscano già in bocca, ebbe l'ispirazione di provare a fare una visita alla "Stella d'oro". Ispirazione, in questo caso, infelice. Data l'ora non trovò quasi nessuno, e tanto meno ricavò informazioni da aggiungere a quelle già in suo possesso. Se ne tornò quindi in ufficio, sfumazzando liberamente un altro toscano all'aria aperta. Poi, sbrigate alcune pratiche ancora in sospeso, decise che si poteva anche permettere qualche ora di libertà, avvisò il centralinista di turno, oltre a Di Pasquale e Giovine che restavano in commissariato, e si diresse verso casa, già pregustando una bella serata in compagnia della moglie e della figlia, che il sabato aveva il permesso di rimanere alzata più a lungo, non essendoci scuola l'indomani. E così fu. Dopo la cena, saltarono fuori le carte da gioco, e prima fu il turno di un "rubamazzetto" con Claudia (partita, rivincita e bella, con vittoria finale della figlia), e poi una serie di incontri a briscola e scopa d'assi con Lucia. E con la scusa della tensione della gara, bicchierini di cedro per lei, marsala e toscani per lui quella sera si sprecarono... un piacevole preludio a una ancor più piacevole notte di calda intimità fra i coniugi Arrigoni.

7

Le domeniche di casa Arrigoni, quando il capofamiglia non era impegnato per lavoro, seguivano una prassi ormai consolidata, con alcuni punti fissi e alcuni variabili. I punti fissi erano concentrati nella mattinata dove, una volta tanto, non si era tormentati dal trillo della sveglia, per cominciare.

Con calma, una volta alzati, ci si dedicava al rito del bagno, che impegnava soprattutto padre e figlia, in quanto Lucia, non dovendo rispettare impegni a orari fissi, aveva tutti i giorni a disposizione per la bisogna. Non che durante la settimana Mario Arrigoni e la figlia vivessero nella sporcizia, si "lavicchiavano", ma il tempo per un vero bagno non c'era: la mattina uscivano molto presto, e la sera neanche parlarne, sia perché bagnarsi con il cibo sullo stomaco non era consigliabile, sia per l'impegno necessario alla preparazione dell'acqua calda. Quest'ultima richiedeva infatti una lunga serie di operazioni: si mettevano a bollire pentoloni di acqua sulla stufa-caldaia e in cucina. Quando l'acqua era bollente, la si versava nella vasca da bagno miscelandola con quella fredda, fino a raggiungere la temperatura ideale. E poi... oltre a lavarsi, ci si crogiolava beati nel tepore, mentre i fumi di vapore appannavano vetri e specchi, creando un'atmosfera nebbiosa ma gradevole. A dire la verità, la piccola Claudia ancora non apprezzava queste raffinatezze sibaritiche, ma il bagno doveva farselo ugualmente!

Indossata biancheria fragrante di bucato, dopo la colazione, si passava alla vestizione più adatta per assistere alla messa, alle dieci e mezzo nella parrocchia del Casoretto: lui in giacca e cravatta sotto il cappotto, Claudia con l'abitino più bello e il paltoncino rosso, Lucia in elegante tailleur blu e spolverino (elegante veramente non era solo il tailleur, ma soprattutto chi lo indossava).

All'uscita dalla chiesa, il rituale prevedeva una visita all'edicola per acquistare il giornale, e una puntata alla pasticceria di piazza Durante, per farsi incartare una decina delle loro squisite paste, scelte su precise indicazioni di Claudia, cioè bignè alla crema e cannoncini, che erano la sua passione. E poi a casa, per scorrere le pagine del "Corriere", fare i compiti e... spadellare in cucina, a ognuno il suo! Naturalmente, spadellare toccava, ahilei, a Lucia che ci aveva però preso gusto, rivelandosi una bravissima cuoca.

Il pranzo della domenica, come in tutte le famiglie milanesi, era il più ricco ed elaborato della settimana. La prima portata consisteva principalmente in lasagne o tagliatelle fatte in casa, al ragù, o pasta al forno, o risotto giallo alla milanese. Si continuava poi con secondi piatti come l'arrosto con patate, il pollo in umido o alla diavola, il brasato o il polpettone ripieno. E dopo la frutta, c'era l'assalto alle paste, condotto dalla golosissima Claudia che, se non tenuta d'occhio, avrebbe spazzato tutto il vassoio in un amen.

Quel giorno, il menu proponeva risotto giallo seguito da arrosto con patate, tanto graditi che non rimasero nemmeno un grano di riso o una patata nel piatto.

Finite le paste, "oggi cosa facciamo?", chiese subito Claudia, prima ancora che la mamma iniziasse a lavare i piatti. I pomeriggi della domenica (la parte variabile della prassi) erano non solo il suo momento di libertà assoluta, ma soprattutto di gloria. Finalmente comandava lei e ogni decisione doveva essere, prima di tutto, di suo gradimento. Una volta era il cinema con cartoni animati, una volta il teatrino delle marionette al Gerolamo, oppure la visita allo zoo, con particolare predilezione per l'elefante ammaestrato, o le famose automobiline del signor Virginio, quando era più piccola, oppure un giro sul calessino del pony, sempre ai Giardini Pubblici di Porta Venezia. Dipendeva anche dalla stagione e dal tempo.

C'era, però, una domenica di fine aprile che aveva un programma preconfezionato e assolutamente intoccabile: la visita, quasi una gita, alla Fiera Campionaria. Scesi dal tram in piazzale Giulio Cesare, si passava la giornata, attorniati da migliaia di persone, saltando da un padiglione all'altro, al di là di ogni effettivo interesse, alla caccia di omaggi, campioncini di ogni genere e, soprattutto, una montagna di dépliant del tutto inutili, ma di cui non si poteva fare a meno. La sera, stravolti e con i piedi gonfi e doloranti, si tornava a casa, finalmente trovando un po' di riposo seduti sulla panca del tram. Per i grandi, era un martirio, ma come dire di no a Claudia, che a questo evento non avrebbe rinunciato per nessuna ragione al mondo?

Tornando alle domeniche normali, a volte erano i nonni ad accompagnare la nipotina nel suo pomeriggio di festa, anche per consentire un po' di intimità ai genitori, in casa o fuori, per un cinema o un teatro.

La domenica precedente, era stato il turno del cinema, con la visione del cartone animato di Walt Disney *Biancaneve e i sette nani*, che la bambina non si sarebbe mai stancata di vedere e rivedere. Per quel pomeriggio, il programma era già stato studiato e predisposto, in gran segreto, dal padre. In uno slargo di via Andrea Costa, creatosi "grazie" a un bombardamento che aveva raso al suolo uno stabile intero, era piantato il tendone di un circo, che proponeva ben due spettacoli nella giornata. Non si trattava di un complesso di primo livello, alla Togni od Orfei per intenderci, ma era comunque discretamente fornito di attrazioni, tanto che lo spettacolo durava più o meno un paio d'ore.

– Ti andrebbe uno spettacolo al circo? – buttò lì Arrigoni, sapendo di giocare una carta vincente.

– Sì, papà, che bello! Dove andiamo, da quello che c'è vicino a piazza Durante? – precisò subito Claudia, alla quale nulla sfuggiva di quanto avveniva nei dintorni. – Allora muoviamoci, se no finiscono i biglietti e non c'è più posto. Dài, papà!

– A parte il fatto che manca quasi un'ora all'inizio, vuoi che un commissario di polizia non abbia già vagliato i fatti e preso le sue precauzioni? Lo spettacolo comincia alle tre e nella tasca della mia giacca ci sono già i nostri biglietti! Contenta? Adesso mi leggo un po' il giornale e fra un poco ci muoviamo.

Sistemato nella sua poltrona preferita, sfogliò diligentemente le pagine del "Corriere", dopo la prima frettolosa occhiata del mattino.

Quel giorno, un lungo articolo era dedicato allo sviluppo nella ricerca del metano nel sottosuolo italiano, promossa dall'Agip, la società petrolifera rilanciata e diretta da Enrico Mattei. La possibilità di avere a disposizione benzina e gas naturale prodotti nazionalmente avrebbe rappresentato sia una maggior sicurezza sul fronte del fabbisogno energetico, sia un risparmio per le casse del Paese, riducendo il costo delle importazioni. Altra pagina: il solito pezzo sui Savoia, l'ex casa regnante sempre in causa per il recupero dei suoi beni e un articolo sul clamoroso furto dei preziosissimi gioielli della Begum, moglie dell'Aga Khan. La Polizia indagava... E come alla radio, anche sul giornale ormai si vedeva tanta réclame: formaggini, cosmetici, la lotta all'ultimo sangue fra Vespa e Lambretta, i due motorscooter che stavano motorizzando l'Italia, anche perché le automobili costavano ancora troppo. A proposito di automobili, veniva pomposamente annunciato che la Fiat, in occasione del suo cinquantenario, stava per lanciare la nuova 1400, dedicata ai clienti dai portafogli più gonfi... Si era appisolato, quando una scossa alle pagine del giornale lo svegliò bruscamente. Era Claudia, già vestita di tutto punto, che rivendicava i suoi diritti.

Alle tre meno venti, la famiglia Arrigoni era già in marcia e dopo pochi minuti tutti erano seduti ai loro posti, in notevole anticipo sull'inizio dello spettacolo. Fortunatamente per gli artisti, si annunciava il tutto esaurito, il che significava un buon incasso, che avrebbe dato fiato alle finanze non certo floride della compagnia. Quella del circo era una vita che richiedeva tanta passione, molti sacrifici, esercizi quotidiani, duri allenamenti, trasferte e che dava in cambio a volte applausi, ma raramente soddisfazioni economiche.

Come previsto, lo spettacolo durò un paio d'ore e tutto sommato fu piacevole e divertente, a dispetto dei modesti mezzi a disposizione degli artisti. Per esempio, non c'erano animali feroci, ma questo era giudicato un fatto positivo dalla famiglia Arrigoni: che tristezza vedere animali fieri come tigri e leoni ridotti a pupazzi ammaestrati! Passi per i cavalli, che almeno facevano il loro mestiere, cioè correvano intorno a una pista con un cavallerizzo sulla groppa.

Furono molto apprezzate dal pubblico le evoluzioni dei trapezisti, atletici e sprezzanti del pericolo anche se non più giovanissimi. Ma un vero trionfo fu tributato alle esibizioni dei clown, presentatisi nel loro classico e variopinto vestito di scena, con tanto di enormi scarpacce e finto naso rosso. Parole e mimica si alternavano nelle loro scenette, per un crescendo di battimani e fragorose risate, soprattutto da parte dei più piccini. Claudia era così entusiasta che non voleva più uscire dal tendone, anche a spettacolo finito!

Sulla via del ritorno a casa ("Papà, ci andiamo anche domenica prossima se ci sono ancora"?), mentre mamma e figlia si dirigevano verso casa, Arrigoni si fermò al caffè-tabaccheria Sereni di piazza Durante per fare rifornimento di sigari. Ne approfittò per ordinare anche un marsala (strappo alla regola, consumarlo al caffè!). Sorseggiandolo, si trattenne per circa mezz'ora a osservare le manovre dei quattro giocatori impegnati in una partita a scala quaranta. Come "da Gino", ma in un ambiente sì meno fumoso, ma anche meno divertente e soprattutto... senza sanguis.

Fu una bella domenica, alla fine erano tutti un po' stanchi, ma rilassati e di ottimo umore. Tant'è vero che persino Claudia, dopo una cena leggera a base di pastina in brodo e formaggio, non fece le solite storie per andare a letto, ancora felice ed eccitata per le emozioni vissute nelle ore trascorse sotto il tendone del circo.

Mario e Lucia, poiché alla radio non erano previste commedie, ma solo un varietà sulla Rete Rossa (che, con la Rete Azzurra, costituiva tutta l'offerta proposta dai programmi radiofonici dell'epoca), si dedicarono alla lettura. Per la precisione, *E le stelle stanno a guardare* di Cronin per lei e il solito poliziesco con protagonista il commissario Maigret per lui, ormai quasi alla fine. Prima di ritirarsi per la notte, la domenica fu festeggiata con un altro marsala per Mario (nessuno sapeva che già ne aveva bevuto uno al caffè Sereni!) e un cedro per lei. Sì, perché, come si sarà capito, non solo la portinaia di via Tadino teneva in casa una bottiglia di liquore di cedro, "che fa tanto bene al cuore"! Una volta a letto, i due presero immediatamente sonno, stretti in un affettuoso abbraccio.

8

Alle dieci meno cinque di lunedì 6 marzo, i tre poliziotti, i due “capi” in cappotto e cappello e Di Pasquale in divisa, uscirono dal commissariato e si avviarono verso via Tadino, per assistere al funerale di Clara Bernacchi.

Il carro funebre, con due vecchi e stanchi cavalloni alle stanghe, era in attesa davanti al portone, attorniato da un sacco di gente. Proprio in quel momento, con grande puntualità, stavano portando la bara, che fu collocata nella parte posteriore del carro.

I partecipanti si affollarono dietro il feretro, accodandosi alla processione che avrebbe portato, per la funzione, alla vicina chiesa di san Gregorio, proprio quella dove Mario Arrigoni aveva sposato Lucia. Subito dietro la salma stavano il prete, i chierichetti, i familiari vestiti a lutto, marito, figlie e altri parenti. A seguire, almeno un centinaio di persone, fra abitanti della casa, conoscenti o curiosi, dato che non si era trattato di una morte che capita tutti i giorni. Va anche detto che, a quei tempi, il funerale costituiva un’occasione di incontro e partecipazione alla vita del quartiere, un modo non soltanto religioso di far rimarcare la propria appartenenza alla comunità.

Il commissario, insieme con i suoi collaboratori, preferì mettersi, discretamente, in ultima fila. In breve, quello che viene definito “il mesto corteo” si mise in moto, percorrendo molto lentamente un tratto di via Tadino, svoltò in via San Gregorio, sfiorò via Benedetto Marcello e si fermò infine davanti alla chiesa. Lungo il tragitto, quasi si trattasse di uno spettacolo, una folla composita, mamme con bambini, negozianti, sfaccendati, accompagnava il passaggio del feretro con devoti segni della croce o... scongiuri di ogni genere. La solita contaminazione di sacro e profano, tipicamente italiana.

Contrariamente a quanto si raccontava nei romanzi polizieschi, dove il funerale di una vittima era spesso fonte di grandi, inaspettate e decisive sorprese e scoperte per gli investigatori, qui, pur con tutta la buona volontà, non si notava proprio niente di particolare. Chi piangeva, chi aveva l'aria afflitta, chi chiacchierava discretamente col vicino, chi si guardava in giro, c'era persino chi rideva... tutto come da copione per tutti i funerali di questo mondo.

Quando il feretro e il suo seguito entrarono in chiesa, il commissario ritenne conclusa la sua partecipazione, ma invitò i suoi due uomini a rimanere, per confermare gli interrogatori dell'indomani, compreso quello del giovane Rossi, che Di Pasquale aveva nel frattempo contattato e convocato per il martedì pomeriggio. Diede poi appuntamento a entrambi per le otto della mattina dopo, giusto per organizzarsi un po' prima di iniziare i colloqui. Per il resto del pomeriggio, si sarebbe dedicato all'indagine sulla rapina in gioielleria.

Dopo la solita puntata da Gino per un rapido pranzo a base di panini, rientrò in commissariato e subito incontrò l'ispettore Giovine, che lo ragguagliò sul procedere dell'indagine.

– Commissario, purtroppo non ci sono grosse novità. Ormai, non ci resta che sperare nelle foto segnaletiche. Ho già operato una prima selezione, per concentrare la ricerca su pregiudicati che, per età, caratteristiche e tipologia di reato, potrebbero più avvicinarsi al nostro uomo. Il gioielliere sta per iniziare il controllo.

– Ben fatto, Giovine. Ora chiamo il vicequestore e lo aggiorno anche su questa indagine.

Cosa che fece immediatamente, trovando un dottor Respighi poco loquace. Ne approfittò per ridurre al minimo la conversazione, soffermandosi solo sulla rapina alla gioielleria, evitando deliberatamente di fare accenno al "caso Bernacchi": tutto tempo guadagnato per portare avanti l'inchiesta a modo suo. "Ne parleremo a risultato acquisito", pensò.

Stava ancora mettendo ordine nel suo archivio, quando entrò trionfante l'ispettore Giovine:

– Commissario, buone notizie. Il gioielliere ha riconosciuto il suo rapinatore. È Amilcare Galli, una vecchia conoscenza della giustizia, nonostante la giovane età, con precedenti per furto e rapina. È già stato un bel po' al fresco... Andiamo subito a cercarlo – e fece tintinnare le manette pronte a serrare i polsi del delinquente.

– Caso concluso, almeno questo. – commentò Arrigoni, e tra sé e sé pensò: "Fosse di buon auspicio per la soluzione del delitto di via Tadino!".

Infine, per festeggiare questo successo, di cui peraltro non aveva alcun merito, decise che era il momento di dedicarsi ad alcune faccende personali, che già da troppo tempo rimandava e uscì dal commissariato.

Per prima cosa, una seduta dal suo fido parrucchiere, il buon vecchio, baffuto Antonio, che gli dedicava in esclusiva il lunedì, giorno di chiusura. Era un siciliano purosangue, come molti che facevano il suo mestiere, con bottega da almeno vent'anni in via Padova (via e non viale, come si ostinavano i più a chiamarlo, forse per non farlo sentire da meno del vicino viale Monza, che viale lo era davvero). Taglio, shampoo, spruzzo di acqua di colonia e un leggero tocco di brillantina e si sentì come rimesso a nuovo. Prima di andarsene, si fece regalare da Antonio, che lo estrasse dalla sua "riserva", uno di quei calendarietti profumati con disegnate donnine seminude, che tutti i barbieri regalavano in occasione delle feste natalizie e di Capodanno. Non era per lui, ma per Mastrantonio, che ne era un appassionato collezionista.

Seconda tappa: una visita alla scuola frequentata dalla figlia, il Trotter, per un colloquio con la maestra. Non che gli risultassero problemi (Lucia glielo avrebbe detto), ma un controllo diretto ogni tanto non guastava...

La scuola era in via Giacosa, vicinissimo a casa, una delle migliori istituzioni scolastiche di Milano, all'avanguardia sia per gli spazi di cui fruiva sia per i metodi di insegnamento, che, forse senza saperlo, anticipavano i dettami delle future scuole steineriane. Creata nell'ampio polmone verde di un ex galoppatoio donato al Comune nei primi del Novecento, costituiva un raro esempio di progetto scolastico innovativo e ad alto contenuto umanitario. Dedicata inizialmente solo ai bambini gracili e malaticci della città, era col tempo diventata anche scuola aperta agli abitanti del rione. Le aule erano collocate all'interno di deliziosi padiglioni simili a chalet, immersi in un grande parco con piante d'alto fusto, prati, fiori, un frutteto e persino un alveare, con tanto di piscina all'aperto e voliera con uccelli. Tutto a disposizione degli alunni, fra i quali anche la scolara di quinta elementare Claudia Arrigoni.

Nonostante non fosse orario di visita per i genitori, la maestra Carla Personeni gli dedicò gentilmente qualche minuto per rassicurarlo sul buon profitto di Claudia, che era soltanto o troppo vivace o troppo ombrosa, a fasi alterne. Niente di preoccupante, con il passare del tempo tutto si sarebbe aggiustato. Per nulla stupito, Arrigoni si scusò comunque per la seconda parte del giudizio e promise di dare il suo contributo nel "mettere in riga" la figlia, tenendo per sé i suoi dubbi personali sulle possibilità di riuscita del proposito.

Arrivò a casa e, dopo una serie di raccomandazioni alla figlia in relazione al suo comportamento scolastico, accolte peraltro con molto distacco, uscì nuovamente. Questa volta, facendo due salti generazionali, per andare a trovare sua madre Giulia, ormai quasi ottantenne, che viveva nella zona, in piena autonomia, in un minuscolo appartamento in via Ampère. Non aveva mai voluto accettare la proposta di rimanere a vivere con il figlio, nonostante l'ottimo rapporto con Lucia e l'adorazione per la nipote, che comunque vedeva e ospitava spesso, oltre a passare con lei e Lucia i due mesi estivi di vacanza, a Canzo, paesino di collina in Alta Brianza. Nonna Giulia non mancava mai, però, al pranzo di Natale, dove trionfavano i suoi ravioli fatti a mano, seguiti da tacchino arrosto e cappone bollito con mostarda.

Giulia Mambretti era una cosiddetta milanese "ariosa", essendo nata a Lacchiarella, vicino a Pavia, figlia di un mungitore di mucche e di una contadina. Genitori e cinque figli vivevano in due stanze nella cascina del padrone che, in cambio del lavoro, dava vitto, alloggio e a volte qualche soldo. Neanche a parlarne, per i figli, di andare a scuola. Anche Giulia, fin da piccola, aiutava nel lavoro dei campi e nella stalla. Da mangiare c'era poco e lei ricordava spesso come i pasti consistessero soprattutto in polenta gialla, insaporita da una "toccatina" a un'aringa affumicata che, dal soffitto cui era appesa, scendeva in mezzo al tavolo. Giulia era una bambina sveglia, tanto che, verso i dodici anni, i padroni proposero ai suoi genitori di mandarla a servizio a Milano, presso una famiglia di loro conoscenti. Era un destino comune a molte ragazzine, quando non bambine, di campagna. Era anzi considerata una fortuna, per lei che sfuggiva alla miseria e per la famiglia che aveva una bocca in meno da sfamare e una piccola entrata in più, il suo salario, per rinsanguare le magre casse familiari.

Così, Giulia Mambretti se ne andò a Milano, una quindicina d'anni prima della fine dell'Ottocento, presso una facoltosa famiglia che abitava nel prestigioso corso Magenta, dove, oltre a lavorare, imparò anche a leggere e scrivere. Vi rimase fino al 1895, anno del suo matrimonio con il ventiseienne Annibale Arrigoni, operaio in una fonderia, conosciuto in quanto amico del cocchiere della famiglia presso cui prestava servizio. Andarono ad abitare in una casa di ringhiera di via Porpora, in periferia, dopo la fine di corso Loreto, oggi Buenos Aires. Qui nacque, nel 1900, Mario, il futuro commissario Arrigoni. Il quale, essendo un bambino intelligente e volenteroso, frequentò la scuola molto più di quanto non fosse abituale nel suo ceto sociale, fino a ottenere prima il diploma di liceo e, proseguendo poi gli studi da studente lavoratore, la laurea in giurisprudenza. Con i suoi primi guadagni, l'economia familiare, che poteva contare solo sul salario del padre operaio e su qualche extra derivante dai lavori saltuari di guardarobiera della madre, tirò finalmente un sospiro di sollievo. Tanto che gli Arrigoni, anche grazie a qualche prestito, poterono permettersi l'acquisto di un appartamento più grande e più moderno (persino con propri servizi!) in piazza San Materno, al Casoretto. Annibale Arrigoni morì nell'inverno del 1930, a causa di una polmonite fulminante, lasciando in eredità alla moglie qualche spicciolo e una modesta pensione. Quando infine Mario si sposò, mamma Giulia gli lasciò l'appartamento e si trasferì nella vicina via Ampère, in un piccolo ma decoroso alloggio di due locali. Per tutto questo il figlio, pur non dandolo a vedere, dato il suo carattere poco espansivo, provava per lei una profonda gratitudine che rasentava la venerazione e non le faceva mai mancare la sua affettuosa presenza.

Data l'ora, poco alle sette, la vedova Arrigoni non si era ancora messa a tavola. Il figlio la trovò infatti intenta alla lettura di un romanzo di Liala, sua autrice preferita, con la cena già pronta e solo da scaldare. Senza troppe parole, com'era loro abitudine, madre e figlio si scambiarono qualche notizia su parenti e conoscenti (moriva sempre qualcuno!), finché venne l'ora del pasto e il commissario se ne andò, non senza aver lasciato, silenziosamente, una piccola somma, come al solito messa sul buffet, sotto la palla di vetro trasparente che conteneva un modellino della torre Eiffel. Gliela aveva regalata lui, sapendo come la madre si divertisse a capovolgere e scuotere la boccia provocando una copiosa nevicata artificiale. La prossima sarebbe stata una gondola veneziana sotto il Ponte dei Sospiri!

Va precisato che la somma veniva lasciata nel più assoluto silenzio non per maleducazione, ma perché questa modesta integrazione mensile alla magra pensione di cui la madre fruiva veniva accettata… purché non se ne parlasse.

Sereno e soddisfatto, Mario Arrigoni, ancora fragrante per i profumi che il parrucchiere Antonio gli aveva spruzzato in testa alla fine della sua opera, se ne tornò infine a casa.

9

Se è vero che una buona dormita influisce sull'umore del giorno dopo, questo era particolarmente vero per il commissario Arrigoni. Pur soffrendo a volte d'insonnia, quando sentiva che un'indagine si stava "muovendo", stranamente si rilassava e faceva sonni beati. Come in questo caso. Infatti si alzò, fresco e pimpante, ancor prima del suono della sveglia e canterellando sbrigò in allegria le sue solite incombenze mattutine.

Tanto si sentiva in forma, che decise di raggiungere il commissariato a piedi. Gli piaceva camminare e osservare la vita della sua città, sia la mattina, quando tutto si metteva in moto, sia la sera, quando le strade si svuotavano e, spesso, una folta coltre di nebbia trasformava il mondo in uno scenario ovattato dai contorni indefinibili. Quella mattina, brillava un tiepido sole e per le vie già si muovevano biciclette, motorette e qualche rara automobile, con il sottofondo dello sferragliare dei tram. Era già al lavoro l'uomo del ghiaccio, che girava per i quartieri sul suo carro, trainato da un vecchio cavallone (fratello di quelli del funerale?), carico di grandi blocchi di ghiaccio protetti da sacchi di iuta. Al suo richiamo, la gente scendeva in strada, ordinava il suo pezzo, che a precisi colpi di scalpello veniva ricavato dalla lastra e se lo portava a casa, avvolto in un panno, per metterlo immediatamente nella ghiacciaia, a tenere in fresco gli alimenti più deperibili. Nel giro di una decina d'anni sarebbero arrivati i frigoriferi, più comodi ed efficaci, mandando in pensione il ghiaccio, destinato solo alla preparazione di granite o a raffreddare i liquori nel bicchiere.

Alle otto in punto, Arrigoni apriva la porta del commissariato, pronto a cominciare la riunione con i suoi e pregustando il secondo caffè e il primo sigaro della giornata.

Anche Mastrantonio e Di Pasquale erano già arrivati e lo raggiunsero nella stanza, il secondo con l'aspetto di chi non ha riposato molto. "Che sia andato a fare un'ulteriore verifica alla 'Stella d'oro'?" pensò con un mezzo sorriso Arrigoni.

– Buongiorno a voi. Di Pasquale, è ancora addormentato? Ha fatto le ore piccole?

– Commissario, un po' di lavoro extra...

– Magari alla "Stella d'oro"?

– Indovinato! D'altro canto, l'aveva chiesto e autorizzato lei e io ho obbedito.Volevo vedere se riuscivo a scoprire qualcosa di più, in un orario in cui per forza sono tutti presenti.

– Anche un bel po' di belle donne, magari?

– Senza dubbio, – rispose arrossendo il giovane napoletano, – ma io ero in servizio e mi sono limitato a qualche "piacere di conoscerla"... cercando di imprimermi bene i nomi nella memoria. Scherzo, ma, venendo all'indagine, non sono andato avanti nemmeno di un millimetro. Evidentemente, non c'era più nulla da cavar fuori da quelli che lavorano al locale, mi spiace.

– Non si preoccupi, ha fatto benissimo, era giusto tentare, ci avevo provato anch'io, senza successo. E lei non sogghigni, Mastrantonio. Se avesse l'età di Di Pasquale...

– Ma noi non ce l'abbiamo più quell'età e certe fantasie non possiamo più permettercele.

– Parli per lei, – rispose un insolitamente divertito Arrigoni, di buon umore per l'approssimarsi del momento clou dell'inchiesta, gli interrogatori. – A proposito di fantasie, le ho procurato un calendarietto profumato dal mio parrucchiere per la sua collezione. Vede che penso sempre a lei? – e glielo consegnò, ricevendo gli imbarazzati ringraziamenti del vice, che un po' si vergognava di questa sua mania, soprattutto davanti a un sottoposto – Ma torniamo a cose più serie. Fra un po' si cominciano gli interrogatori. Credo che sulla linea da seguire ci siamo già chiariti le idee. Condurrò io, Mastrantonio, lei cerchi di seguirmi e prenda appunti, mentre Di Pasquale verbalizza.

Mentre il fumo azzurrognolo del suo primo toscano saliva verso il soffitto, si accorse che erano ormai le otto e trentacinque.

– È giunta l'ora! Cominciamo con i primi. Dall'elenco che mi avete consegnato, tocca ai Maraviglia, del terzo piano.

– Hanno chiesto di essere messi in cima alla lista perché devono poi andare subito ad aprire il baracchino di bibite che hanno ai Giardini Pubblici – chiarì Di Pasquale.

I primi interrogatori furono tutt'altro che entusiasmanti, anzi dentro di sé Arrigoni li giudicò deludenti in modo preoccupante. Se andava avanti così...

I Maraviglia, i Verdelli e i Caligiuri, pur mostrando una grande disponibilità, non dissero niente di interessante, limitandosi alle solite frasi generiche. Anche perché, in realtà, i loro rapporti con i Bernacchi si limitavano a un frettoloso saluto sulle scale o nell'androne. Idem i Cannavaccio, famosi nella casa per le loro arroganti esibizioni di benessere: tutti ricordavano la moglie mentre spennava ostentatamente un pollo sul ballatoio, quando a fine guerra i polli erano ancora merce rara. Le loro figlie non erano venute, ma non era il caso di convocarle: praticamente non vedevano Marcella dai tempi delle scuole medie.

Gli stessi risultati insoddisfacenti diedero gli altri colloqui, con i Grifoni e i Mastretti: non uscì niente che già non fosse stato sentito e risentito.

Ma il dio dei commissari di polizia non aveva abbandonato Mario Arrigoni. Quando questi già si stava scoraggiando e, dopo almeno due sigari, rimpiangeva la conversazione così succosa avuta con la portinaia, non sapeva che sarebbero stati proprio gli ultimi tre colloqui a tirargli su, e come!, il morale: quelli con i Rossi del quarto piano, i Verticale del terzo e con la signora Morimondo, l'anziana curiosona del secondo piano.

I Rossi furono i primi del terzetto finale a entrare nella stanza.

– Signori Rossi, grazie di essere venuti. Voi potete immaginare il perché di questa convocazione. Vogliamo vederci più chiaro sulla fine della signora Bernacchi e speriamo che anche voi possiate aiutarci. Entriamo subito in argomento: quando è successo il fatto, ve ne siete accorti, avete sentito l'urlo della signora Clara?

– Sì, ho sentito qualcosa – rispose il Rossi – ma non ci ho fatto caso, credevo venisse da una radio alta di volume.

– Già, capisco e come avete saputo allora che cosa era successo?

– Anche con la seconda porta chiusa, si sentiva tanta gente gridare, rumoreggiare. Allora, anche noi siamo usciti e...

– ... e avete visto il cadavere della Bernacchi in cortile. Bernacchi che voi conoscevate certamente bene, dal momento che vivete sullo stesso piano. Vi dovevate frequentare quasi per forza.

– Sì, capitava spesso di incontrarsi sul ballatoio, di scambiare due parole, prestarsi il sale o lo zucchero, come si fa tra vicini. Lei era sempre gentile e sorridente, però non si può dire che fossimo proprio amici, ognuno faceva la sua vita.

– Forse voi non eravate amici, ma mi risulta che vostro figlio frequentasse assiduamente la casa dei Bernacchi, anche perché prendeva lezioni di chitarra dalla signora Clara. Ne eravate certo al corrente, – attaccò in modo diretto il commissario, dando una svolta all'orientamento dell'interrogatorio, senza che l'uomo se ne rendesse conto.

Ci fu un impercettibile attimo di imbarazzo, dopo il quale il Rossi rispose.

– Sì, è vero, lo sapevamo. Era già da un po' che la Clara insisteva, era diventata una sua fissa, diceva che il Giorgio aveva una bella voce ed era intonato, gli avrebbe insegnato a suonare la chitarra e a cantare, senza fargli pagare niente. Per convincerci, aveva aggiunto che, se diventava bravo, poteva guadagnare qualche lira andando a suonare e cantare nei locali. Noi a dire la verità non eravamo tanto d'accordo, così, per principio, ma poi anche lui si è infervorato, insisteva, e allora abbiamo acconsentito.

– Ho capito. Senta, signor Rossi, suo figlio frequenta anche Marcella, la figlia maggiore dei Bernacchi, mi pare. Più o meno sono coetanei... – continuò Arrigoni, scavando senza parere in zone che sarebbero potute sembrare estranee al tema principale, ma il falegname non fece una piega e rispose tranquillamente.

– Sì, certo, si conoscono fin da piccoli, sono andati alla stessa scuola media, si aiutavano a fare i compiti. E poi, hanno in comune la passione per la pallacanestro. Il Giorgio giocava nella Gregoriana, la squadra dell'Oratorio di San Gregorio, adesso ha smesso perché ha troppo da fare. La Marcella è molto brava, è entrata addirittura nelle giovanili della Standa. Lo sapeva?

– No, non lo sapevo, ma avevo notato il suo fisico atletico. Tornando a Giorgio, diciamo che, per motivi diversi, era in buoni rapporti sia con la madre che con la figlia, giusto? E per quanto riguarda la chitarra, ha preso tante lezioni dalla signora Bernacchi?

– Di preciso non lo so – intervenne la madre – ma ha cominciato qualche mese fa e ci andava un paio di volte la settimana. Lei era davvero molto brava, dicono che da giovane faceva la cantante.

– E anche Marcella suona la chitarra? Aveva imparato anche lei dalla madre?

– No, anzi, – rispose sorridendo la Rossi – la Clara e mio figlio la prendevano in giro perché era stonata e lei si arrabbiava moltissimo, fino a diventare persino sgarbata.

– Comunque, venendo al motivo principale di questo colloquio, da quanto mi avete detto, secondo voi la signora Clara era una persona vivace e cordiale, senza problemi. L'unica nota negativa in una vita così piena mi risulta fossero i suoi rapporti con la figlia: piuttosto tesi a quanto si dice, a parte le prese in giro sul canto e la chitarra.

– Sì, è vero, non mi sarei proprio mai aspettata che un tipo come la Clara facesse una fine così brutta – continuò la donna. – In quanto alla figlia, ogni tanto si sentivano sì dei litigi, anche a voce alta, ma non penso si trattasse di cose gravi, tutt'e due avevano un bel caratterino, ecco. E il signor Virginio non ce la faceva a mettere pace, pover'uomo! Del resto, non guidava certo lui il carro, in quella casa. Lui si limitava a lavorare e mantenere la famiglia, anche bene bisogna dire, perché la Clara poteva permettersi di stare a casa senza rinunciare a niente.

Questa ultima osservazione richiamò alla mente attenta di Arrigoni i commenti dei negozianti sulle spese folli della Bernacchi, ma non ritenne fosse il caso di accennarvi, probabilmente i Rossi non ne erano al corrente. Il commissario si limitò a girare nuovamente intorno al tema dei rapporti Giorgio/Clara/Marcella, senza fare però nessun passo avanti, salvo registrare il persistente imbarazzo dei Rossi in merito. Pose dunque fine al colloquio, riservandosi di approfondire l'argomento con il diretto interessato.

I due Verticale, del terzo piano, erano una strana coppia, così diversi l'uno dall'altra, pur essendo pressoché coetanei. Lui, di aspetto banale se non insignificante, grande e grosso con due enormi mani da lavori pesanti, indossava la tuta da meccanico sotto un pesante cappotto di foggia militare. Si vedeva che non era a suo agio nell'ambiente, forse per timidezza, ma non sembrava neanche esserne impaurito. La moglie era una giovane donna molto graziosa, lunghi capelli castani, alta, un bel fisico snello, vestita con discreta eleganza, molto contrastante con l'abbigliamento funzionale e trascurato del marito. Il suo atteggiamento era altrettanto imbarazzato, ma in modo più palese: si tormentava le mani, guardava di qua e di là, sorrideva senza motivo, sudava, nonostante la temperatura della stanza fosse alta, ma non torrida, tant'è vero che il commissario e i suoi uomini stavano con tanto di giacca. Arrigoni, ravvisando in questo atteggiamento un segnale di allerta, con una delle sue improvvise intuizioni capì che era meglio interrogare i due separatamente. Pertanto, disse al Verticale che l'avrebbero sentito per primo, in modo da consentirgli di tornare subito al lavoro. Avrebbero proseguito poi con calma con la moglie. Moglie che si mostrò, chissà perché, sollevata al pensiero che il marito non avrebbe assistito al suo colloquio, come notarono i tre poliziotti, scambiandosi un impercettibile cenno d'intesa.

La conversazione con l'uomo fu abbastanza breve e Arrigoni notò che si esprimeva con buona proprietà di linguaggio, in contrasto con il suo aspetto rozzo e trasandato. Si limitò a dire che non conosceva molto bene Clara, la vedeva solo ogni tanto perché era amica di sua moglie, gli sembrava una donna allegra e sempre di buon umore, non poteva dire altro. Lui usciva la mattina presto per andare a lavorare al garage e rientrava tardi. La sera del fatto, non si era accorto di niente, perché era andato dal tabaccaio per comprare le sigarette e bersi un grappino. Era ancora lì quando lo stesso tabaccaio gli aveva riferito che cosa era successo e, dopo una veloce occhiata in cortile, era risalito in casa. Dopo queste generiche ma precise dichiarazioni, Giuseppe Verticale, detto Pino, fu congedato.

La moglie lo salutò, mantenne la sua posizione composta sulla sedia e aspettò le domande del commissario. Il quale stava facendo mente locale: "Eccoci davanti alla bella Luciana Verticale, la compagna di scorribande della defunta. Vediamo di approfondire", pensò e partì con l'interrogatorio, ripromettendosi di non essere troppo inquisitorio per non spaventare e bloccare la giovane, già abbastanza nervosa ed emozionata di suo.

– Signora, sappiamo che lei era in un rapporto molto amichevole con la signora Clara e mi rendo conto del suo stato d'animo dopo quello che le è accaduto. Purtroppo, anche oggi ne dovremo parlare, mi dispiace. Cominciamo dalla sera di giovedì, poco prima delle otto. Anche lei non si è accorta di nulla, come molti altri inquilini?

– Sì, ero in casa e sentivo delle canzoni al grammofono, a volume abbastanza alto.

– Ah, possiede un grammofono? – chiese non senza meraviglia Arrigoni, dato che questo apparecchio non era molto diffuso, almeno presso i ceti più popolari.

– Sì, me lo sono comprato come regalo di Natale.

– Complimenti, un bel regalo! Ma torniamo alla povera Clara. La vostra amicizia vi portava a incontrarvi spesso, immagino.

– Sì, senz'altro, anche se lei era più grande di me, ci vedevamo… – l'imbarazzo della donna era sempre più evidente e il commissario cominciò a chiedersene la ragione.

– Vi incontravate per fare quattro chiacchiere in casa o sui pianerottoli – continuò Arrigoni con quel suo modo amabile e bonario che aveva ingannato tanti delinquenti. – Andavate anche a spasso assieme, qualche volta? Che so, al caffè, al cinema, a ballare...

Invece di rispondere direttamente alla domanda, inspiegabilmente Luciana Verticale la scavalcò, anticipando quelle che, secondo lei, potevano essere le conclusioni deducibili dalla sua risposta.

– Senta, signor commissario, ormai lei è morta, purtroppo e mi dispiace molto. Non vorrei però avere io dei problemi con mio marito, se in un modo o nell'altro saltano fuori delle cose che possono dare un'idea sbagliata dei miei comportamenti. Mio marito era informato, da me, di quello che facevo con la Clara.

– Signora, non capisco – fu il sempre calmo e cauto intervento del commissario, spiazzato da questo curioso capovolgimento di fronte – mi vuol spiegare meglio? In che senso si potrebbero avere idee sbagliate sul suo conto? E che cosa c'entra la signora Clara? Che cosa facevate insieme? Dove andavate? Non mi ha ancora detto niente.

– Andavamo a ballare, soprattutto il sabato e la domenica pomeriggio, poche volte di sera, perché per me era un po' difficile uscire da sola, mentre lei con suo marito faceva quello che voleva. Lasciavo la bambina con la seconda figlia della Clara, oppure con mio marito, se era a casa. Di solito si andava alla "Stella d'oro", qui vicino in via Spallanzani, ma qualche volta anche al "Ragno d'oro" a Porta Romana, tanto per cambiare. È un po' lontano, ma col tram, il 30, ci si arriva in un quarto d'ora.

– E come li passavate i pomeriggi o le serate in questi locali tutti e due "d'oro"?

– Come in tutte le sale da ballo. Ci sedevamo al nostro tavolo, ordinavamo una bibita o un caffè e aspettavamo di venire invitate in pista. Gli inviti non ci mancavano, soprattutto alla Clara, che faceva un certo effetto, con i suoi vestiti scollati e provocanti. E non posso negare che, fra un tango e un valzer, qualcuno ci facesse la corte, certo anche a me, non mi voglio tirare indietro. Ma è normale che succeda... Insomma, si passavano delle ore piacevoli in compagnia, ecco, magari aggiungendo al nostro caffè qualche liquorino che ci veniva offerto.

Il commissario capì che la giovane donna pensava di essersela cavata così, puntando ingenuamente sul fatto che le sue spontanee ammissioni, che non nascondevano nemmeno i corteggiamenti, fossero sufficienti a provare l'innocenza delle sue evasioni danzanti. Infatti, la sua stessa postura sulla sedia, a ginocchia unite, rivelava che era pronta ad alzarsi per tornarsene a casa. Ma non aveva fatto i conti con quella vecchia volpe del commissario Arrigoni: era troppo evidente che sotto c'era dell'altro, l'atteggiamento prima imbarazzato e poi frettoloso della donna ne era la prova più lampante. Con un po' di pazienza e magari anche qualche decisa insistenza, quell'"altro" sarebbe saltato fuori.

– E finiva tutto lì? Mi dica la verità, signora Verticale, le consiglio di non nasconderci niente. D'altronde, o ci racconta tutto lei o ci penserà qualcun altro. Ci mettiamo un attimo a fare un salto alla "Stella d'oro" o al "Ragno d'oro". Anzi, alla prima ci siamo già stati, veda un po' lei... Ma capisco la sua preoccupazione e voglio rassicurarla: le informazioni che raccoglieremo, da lei o da altri, anche se serviranno alla prosecuzione delle indagini, rimarranno il più possibile riservate, per la parte che la riguarda. In altre parole né suo marito né nessun altro al di fuori di questa stanza verrà a sapere quello che scopriremo, se non sarà assolutamente necessario.

Arrigoni si rendeva conto che, a questo punto e anche prima a dire il vero, Luciana Verticale avrebbe potuto chiedersi, e soprattutto chiedergli, che cosa c'entravano queste domande e queste ripetute insistenze sui suoi fatti personali con il suicidio della Bernacchi. Ma la giovane donna, oltre a non dimostrarsi particolarmente intelligente e acuta, non si trovava nel momento giusto per capirlo. Infatti, un po' per il turbamento dovuto alla morte dell'amica, un po' per il senso di colpa, un po' per il fatto di trovarsi, per la prima volta, interrogata in un commissariato di Pubblica Sicurezza, andò talmente in confusione che scoppiò in un pianto dirotto e aprì la diga, lasciando libero sfogo al fiume di parole che le premeva dentro.

– Signor commissario, va bene, le racconto tutto io. Fin dall'inizio, quando siamo venuti a stare in via Tadino, la Clara mi ha preso in grande simpatia. Veniva spesso a trovarmi, era molto carina e gentile, mi dava volentieri una mano, dei consigli. Non mi sembrava vero di aver trovato così presto un'amica. Mi ha anche molto aiutato quando è nata la bambina, e anche dopo, nei primi tempi, che sono i più difficili. Ci vedevamo anche fuori casa per un caffè o un Campari, era generosa, voleva pagare sempre lei. Un bel giorno, però, circa un anno fa, mi ha detto: "Perché non vieni anche tu a ballare con me? Se vuoi, a tuo marito glielo dico io e poi, c'è proprio bisogno di farglielo sapere? Gli puoi raccontare quello che ti pare. La bambina, se non la tiene lui, può stare con mia figlia". Io c'ho pensato su per un bel po', non mi sembrava giusto andare a ballare da sola e senza dirlo a mio marito. Alla fine ho accettato, ma l'ho fatto pensando che non c'era niente di male, mi concedevo solo un po' di svago, tant'è vero che potevo anche dirlo a mio marito, a lui non piace ballare. Ma non volevo fargli nessun torto, è una brava persona, un uomo che lavora sodo e cerca di non farci mancare niente in casa, gli voglio bene.

Come le ho già detto, in balera ho visto subito che la Clara era sempre in movimento, in pista e fuori pista e spesso spariva con qualcuno anche per più di un'ora. D'altronde, sapevo che era un tipo molto libero, quello che faceva erano affari suoi e caso mai di suo marito. Ma, dopo qualche tempo, ha cominciato a farmi strani discorsi: pian piano mi ha fatto capire che, partendo dalla sala da ballo, si poteva andare oltre, fare dell'altro, e alla fine mi ha convinta e ha tirato dentro anche me – e giù ancora lacrime, con le mani a coprirsi il viso.

– Si calmi, signora, e andiamo con ordine. Intanto, si beva un bicchier d'acqua. Ecco, brava. Dunque, non ho capito bene, mi spieghi che cosa vuol dire "fare dell'altro" e come e in che cosa Clara l'ha "tirata dentro" – ritenne a questo punto di dover intervenire il commissario, anche per portare chiarezza nel discorso un po' confuso della donna.

– Vuol dire che lei non andava nei locali solo per ballare, questo era solo una scusa, un modo per conoscere gente, uomini interessanti e danarosi che ti corteggiavano, ti facevano delle proposte e se tu ci stavi avevi tutto da guadagnare... non so se mi spiego, mi vergogno...

– Stia calma, non si agiti, qui nessuno vuol farle del male. Continui pure, credo di aver capito quello che intendeva dire.

– Però, io proprio non volevo fare come lei, mi creda, ma la Clara non mollava: "Ma non fare la stupida, se qualcuno ti piace almeno un po', perché no? Vedrai come ti cambierà la vita! Sapessi a me quanti regali fanno, se poi nasce una simpatia più forte, ne arrivano come se piovesse! Per parlar chiaro, anche bei bigliettoni in contanti, se preferisci! E non preoccuparti, non lo verrà a sapere nessuno, chi vuoi che se ne accorga e vada in giro a raccontarlo?".

Lei, addirittura, se li portava pure in casa, i suoi amanti, tanto non gliene importava niente di quello che poteva pensare la gente, e sì che per forza la vedevano, con tutta quella ringhiera all'aperto! Pensi che a volte aveva anche il coraggio di mandare fuori la figlia piccola, se la trovava in casa!

Io per un po' ho continuato a dire di no, anche se uscivo sempre con lei, a volte anche la sera. Che cretina sono stata, dovevo capire che era meglio smetterla subito! E sempre più uomini mi giravano intorno e vedevo che tante volte era la Clara a spingerli e incoraggiarli, me ne presentava sempre di nuovi. Finché ho conosciuto uno che mi era molto simpatico, un bell'uomo sulla quarantina, un rappresentante, alto, distinto, ben vestito, mi piaceva insomma. Era sposato anche lui, perciò pensavo che si correvano meno rischi e così ci sono stata. Sono andata a casa sua perché la moglie non c'era, ma non ci ha visti nessuno. E dopo la prima volta, tutto è diventato più facile, anche perché con i soldi in tasca prendi dei vizi, delle abitudini a spendere e spandere e non ti fermi più... ma non sono andata con tanti uomini, oltre all'Aldo, il primo, e mai a casa mia, lo giuro. Non che mi voglia giustificare, ma dopo tutti i patimenti e le privazioni della guerra, non mi sembrava vero di poter finalmente godere un po' di agio e di benessere – e giù altre lacrime e singhiozzi, sotto lo sguardo stupito e perplesso dei tre, che non credevano alle loro orecchie: una donna così fine e carina che, in pratica, ogni tanto si dava per denaro, pur senza essere costretta da alcuna necessità impellente. E pure con una bambina piccola che l'aspettava a casa!

– Ma suo marito non si era accorto di niente? – riprese Arrigoni.

– No, ogni tanto mi faceva qualche domanda, ma si accontentava delle mie spiegazioni, lui sapeva che andavo a ballare e basta.

– Signora – intervenne per la prima volta Mastrantonio, – ormai quello che è stato è stato. Ma si ricordi che a noi interessa la Bernacchi, non lei. Per quel che ne sa, la Clara praticava questo "sport" da tanto tempo?

– Sport? Ah, ho capito. Sì, da un bel pezzo. E poi, con tutto quello che si comprava, dove andava a prenderli i soldi? Madonna, anch'io l'ho fatto! Se penso a mio marito e alla mia bambina... che vergogna!

– Potrei dirle che poteva pensarci prima, ma sarebbe inutile, spero solo che abbia imparato la lezione, – intervenne nuovamente Arrigoni. – A parte ogni considerazione sul comportamento discutibile suo e della sua amica, vorrei farle un'altra domanda. Che lei sappia, ultimamente si era forse innamorata di qualcuno? Qualcuno che avrebbe potuto causarle qualche grossa delusione? O, al contrario, aveva forse trattato male un corteggiatore troppo insistente e appiccicoso?

– Ma no, la Clara mica si innamorava, se la spassava e ci guadagnava pure e sapeva tenere a bada gli uomini. E poi, non so se c'era altro, mica mi raccontava tutto, compresi i nomi dei suoi amanti, anche se qualcuno lo conoscevo.

– Non importa, per adesso. Abbiamo quasi finito, signora. Lei sapeva che la sua amica dava lezioni di chitarra al giovane Giorgio Rossi, lo studente universitario che sta al quarto piano? Gliene aveva parlato?

– Sì, me lo aveva detto, lo conoscevo anch'io il Giorgio, un ragazzo simpatico, aveva anche tentato di farmi un po' di corte, ma così, per scherzo. Una volta che era in vena di confidenze, la Clara mi aveva lasciato intendere, fra il dire e il non dire, che a volte le lezioni di chitarra si trasformavano in qualcos'altro, per usare le sue parole "qualcosa di ancor più piacevole". Non ha voluto aggiungere altro, ma non ci voleva molto a capire... il Giorgio è un bel ragazzo, giovane, una volta tanto sono sicura che qui non ci fossero di mezzo i soldi, le piaceva molto e basta. Purtroppo, piaceva anche alla

Marcella e uno dei motivi dei litigi fra madre e figlia riguardava proprio i rapporti del Giorgio con la Clara. Probabilmente, la ragazza doveva avere visto o indovinato qualcosa.

– Ne è sicura?

– Sicura non lo sono, ma ho assistito, per combinazione, a qualche lite fra le due sull'argomento. Volavano parole grosse, mi creda.

– Un'ultimissima domanda e poi se ne può andare davvero. Le risulta che Clara Bernacchi fosse incinta?

– Incinta? – la reazione fu quella di un effettivo stupore. – Casco dalle nuvole, non me ne ha mai parlato, ma perché me lo chiede?

– Così, una curiosità, tanto per non trascurare nulla. Bene, grazie, signora Verticale, adesso abbiamo proprio finito, torni pure a casa. E stia tranquilla, tutto quello che ci ha detto, soprattutto quello che la riguarda direttamente, faremo in modo di mantenerlo riservato, nei limiti del possibile. Pensi invece, se mi permette un consiglio, a cambiare vita, si accontenti di quello che ha, grammofono compreso. Per tante donne sarebbe già molto e dedichi più tempo alla sua bambina. La ringrazio per la collaborazione, se avremo ancora bisogno di lei, glielo faremo sapere.

– Certo, signor commissario, quando vuole sono a sua disposizione. E, comunque, grazie...

Uscita la giovane donna, Mastrantonio proruppe in un "Cose da pazzi, chi avrebbe mai detto che..." che fu subito bloccato da Arrigoni:

– Per favore, evitiamo i commenti, li faremo, assieme a tutte le considerazioni del caso, a interrogatori finiti. Mi pare che adesso tocchi ai due anziani coniugi, i Morimondo. Di Pasquale, li faccia entrare, grazie.

– Commissario, non gliel'ho detto per non interromperla, ma la signora Morimondo ha telefonato poco fa. Sono stati bloccati a casa, hanno avuto un problema con l'elettricista. Non ce la fanno a venire subito. Ha chiesto se è possibile fare nel pomeriggio. Ha lasciato il numero di telefono della vicina per contattarla.

– Che ore sono? Cavoli, quasi mezzogiorno, allora meglio così. La chiami, le dica pure che può venire alle due, due e mezzo. Poi abbiamo finalmente anche il bel Giorgio Rossi oggi, mi pare. A che ora?

– Alle quattro.

– Allora fissi alle due e un quarto con i Morimondo, ci rimarrà un po' di tempo per qualche scambio di idee prima di sentire il ragazzo. Speriamo che la vecchia signora abbia davvero qualcosa di interessante da dirci, finora siamo stati fortunati con le donne anziane, a cominciare dalla portinaia. E per concludere in bellezza la mattinata, vi faccio una proposta: ce ne andiamo tutti in trattoria, oggi offro io, crepi l'avarizia! Non vorrei fare festa prima del tempo, ma sento, non so bene perché ma lo sento, che siamo sulla buona strada. Ci vediamo là fra un quarto d'ora. Chi primo arriva, ordini subito una bottiglia di Chianti, di quello che producono i "Fratelli di Altopascio" nella loro fattoria. A fra poco.

10

Tagliatelle al ragù, una spessa fiorentina con insalata e una mela per tutti. Questo fu il sostanzioso menu del pranzo offerto dal commissario, accompagnato dal delizioso Chianti dei "Fratelli".

Durante il pasto, proibito parlare di lavoro. Meglio tenere sgombra la mente e lasciarsi andare a più o meno dotte disquisizioni tecnico-calcistiche su Milan e Inter, i rossoneri e i nerazzurri che spaccavano in due la tifoseria cittadina. Il calcio, assieme al ciclismo, aveva rappresentato una salutare valvola di sfogo per gli italiani, dopo le tristezze e le brutture del periodo bellico. Le rivalità stracittadine erano particolarmente sentite, specie in occasione della disputa del derby, che per i milanesi era la partita più importante dell'anno. Tanto che i vincitori tradizionalmente organizzavano trionfali cortei per le vie del centro, per celebrare i loro beniamini e irridere gli sconfitti con ogni sorta di sberleffo. Riti goliardici e innocui, se paragonati agli eccessi e alle violenze cui il tifo si sarebbe abbandonato decenni dopo.

Nel 1950, il campionato si svolgeva per la prima volta senza il Grande Torino, lo squadrone che aveva dominato ininterrottamente negli ultimi anni, scomparso tragicamente a Superga nel maggio 1949. "Bacigalupo, Ballarin, Maroso, Grezar, Rigamonti, Castigliano, Menti, Loik, Gabetto, Mazzola, Ossola", era la formazione che recitava con orgoglio la tifoseria granata. Senza il vero Toro, i giochi del campionato si erano riaperti, perché la vita continua e deve continuare. Le squadre più importanti, adeguatamente rinforzate, coltivavano nuovamente sogni di scudetto. Anche le due milanesi. C'era sempre da fare i conti con la Juventus di Boniperti e dei danesi Hansen e Praest, ma il Milan finalmente poteva contare su un attacco micidiale, forte del trio svedese formato da Gren, Nordahl e Liedholm, già battezzati rispettivamente Professore, Pompiere e Barone. Anche l'Inter non scherzava, i suoi elementi più rappresentativi erano l'olandese Wilkens dal dribbling ubriacante, un cannoniere micidiale come l'apolide di origini ungheresi Nyers e quell'imprendibile folletto di Benito Lorenzi, centravanti toscanaccio soprannominato non a caso "Veleno".

La discussione fra i tre fu lunga ma relativamente pacata, perché all'interista sfegatato Mastrantonio si contrapponevano un blando milanista come Arrigoni e un Di Pasquale che, fedele tifoso del suo amato quanto modesto Napoli, aveva ben poco da alzare la testa e la voce. E, come sempre quando si parla di calcio, alla fine ognuno rimase della sua idea, giusta o sbagliata che fosse.

Dopo l'immancabile caffè finale, una bella passeggiata per smaltire cibo e vino e presentarsi in perfetta forma alla ripresa delle ostilità. Naturalmente, in compagnia di un buon sigaro e delle pestilenziali Nazionali che fumavano gli altri due… ma per fortuna si era all'aria aperta.

– Manca ancora un quarto d'ora alle due. Me ne sto un po' solo soletto nel mio ufficio, raggiungetemi solo quando sono arrivati i Morimondo, – disse Arrigoni appena rientrati in commissariato. Come d'abitudine, voleva fare una telefonata a casa e socchiudere un po' gli occhi seduto alla sua poltrona per… riflettere in pace sull'indagine in corso.

Gli sembrava fosse passato solo un minuto, quando fu svegliato da un discreto ma persistente bussare alla porta. Erano le due e un quarto, i Morimondo aspettavano nell'anticamera.

Gli anziani coniugi furono immediatamente introdotti nella sua stanza: Gianni, piccolo, minuto e insignificante e Mariuccia, una vecchia segaligna e rinsecchita, un palmo più alta del marito, insaccata in una palandrana grigiastra ormai senza forma. Ostentava, però, un'aria decisa e sicura, per nulla intimorita dall'ambiente.

– Buon pomeriggio, signori, e grazie di essere venuti, accomodatevi. Inutile dirvi perché siete qui. Posso cominciare con lei, signor Morimondo?

– No, – lo interruppe subito la moglie senza alcun riguardo, – lui non sa niente e non vede niente, se ne sta rintanato in casa come un gufo, a dormire o a guardare per aria. Non esce mai, nemmeno sul ballatoio, se non per andare al gabinetto. Mi creda, signor commissario, parlare con lui sarebbe una perdita di tempo. Diglielo anche tu, Gianni.

– Sì, in effetti – farfugliò lui, la cui parlata lasciava intendere l'utilizzo di una dentiera non molto bene in arnese, – io me ne sto in casa e non conosco nessuno... però se vuole...sono qui.

– Ma no, commissario, chieda a me, ho tante cose da dirle. Poi, se proprio ci tiene e le avanza qualche minuto, parli pure con mio marito.

– Bene, signora, d'accordo. – concesse Arrigoni, sconcertato e al tempo stesso divertito dal comportamento della donna. – Dato per scontato che certamente conosceva la signora Clara, ha qualcosa da dirci in merito alla serata in cui è deceduta, o comunque altro che...

– Ah, ce ne ho di cose da dire, – non lo lasciò terminare la donna. – Io, finiti i mestieri e preparato il mangiare, non ho più niente da fare, perciò ho tutto il tempo di guardarmi in giro. È la casa dove abito, è giusto che sappia quello che succede, non le pare? E la Clara altro che se la conoscevo e vedevo benissimo tutti i suoi avanti e indietro.

– Avanti e indietro? Cioè?

– Cioè vedevo benissimo che usciva molto spesso da sola, o con quella scemetta della Luciana Verticale, tanto bella quanto stupida. Giorno e notte e tante volte tornava accompagnata da qualche bell'omaccione e se lo portava in casa, alla faccia di suo marito e sotto gli occhi di tutti. Quel babbeo del Virginio o non si accorgeva di niente o gli piaceva essere becco. E guardi che io le cose mica le invento: dalla mia porta e dalla mia finestra ho una vista ideale sull'appartamento dei Bernacchi, anche se è due piani sopra. E poi, sono amica della Giuditta, una che fa la portinaia in via Spallanzani, per la precisione nella casa della "Stella d'oro", che me ne ha raccontate delle belle sulle avventure della Clara e anche di quella morgnina della Luciana!

– Morgnina? – pur con una discreta conoscenza del dialetto, il commissario ignorava il significato di quel termine,

– Sì, morgnina, gatta morta se preferisce, tutta carina e gentile e poi alè, anche lei a spassarsela alla "Stella d'oro", e non dico altro!

– Signora, lo sappiamo anche noi che la signora Clara andava spesso alla "Stella d'oro", sola o con Luciana Verticale.

– Ma quello che lei non sa, caro il mio signor commissario, è che cosa combinava là la "signora" Clara, anzi adesso lo sa perché gliel'ho detto io. Lasciamo perdere, una vergogna! E come se non bastasse, anche con quelli della porta* non si tirava mica indietro.

– In che senso, signora?

– In che senso, in che senso! Guardi, senza scomodare i fantasmi del passato, e ce ne sarebbero, le basti sapere che la Clara frequentava assiduamente, e dico assiduamente, il

---

* In milanese, sta a indicare l'intero stabile.

Giorgio Rossi, quel ragazzo del quarto piano, che ha vent'anni meno di lei!

– Sappiamo anche questo, la signora Bernacchi gli dava lezioni di chitarra.

– Sì, lezioni di chitarra – e giù una fragorosa risata mista a colpi di tosse. – Chiamiamole lezioni di chitarra, oggi magari si dice così. Ma so io che chitarra suonava il Giorgio! – e, cambiando improvvisamente tono. – Mi scusi, commissario, posso accendermi una sigaretta? Ho questo vizio da cent'anni e ancora non mi ha portato nella tomba, tanto vale continuare e godersi almeno questo piccolo piacere, uno dei pochi rimastimi, vero Gianni? – ed estrasse dalla borsa della spesa che aveva con sé un ciancicato pacchetto di Africa, quelle con il disegno di una bella negretta sulla confezione.

– Faccia pure, signora, – rispose Arrigoni, che dovette ammettere con una certa ammirazione che la Morimondo stava conducendo la sua deposizione in piena autonomia e sicurezza. – Anzi le faccio compagnia con un toscano. Ma torniamo ai nostri amici Clara e Giorgio. Prima, stava un po' scherzando sulle lezioni di chitarra...

– Senta, commissario – riattaccò dopo una sbuffata di fumo la Morimondo, – le pare possibile che facessero lezioni di chitarra quasi tutti i giorni e che, alla fine, quando lui usciva e lei lo accompagnava fuori, si baciassero sulla bocca? Ho detto sulla bocca e non sulla guancia, come, al massimo, sarebbe stato più normale e logico. Allora, stiamo parlando di lezioni di chitarra o di che cosa?

– Ma, signora, ne è sicura, ha visto bene? È un'affermazione impegnativa, la sua, se ne rende conto?

– Guardi, con questi occhiali vedo anche una pulce sulla groppa di un elefante, si figuri se mi può scappare qualcosa che succede proprio di fronte alla mia finestra! Impossibile.

E chissà quante altre volte sarà successo, perché poi io mica ci passo la vita a guardare fuori dalla finestra.

– Allora, secondo lei fra i due c'era una relazione...

– Una relazione anche burrascosa, perché non sempre erano rose e fiori, a volte li sentivo che si davano sulla voce, urlavano insomma, ancora di più ultimamente. Era soprattutto lui a fare questioni, forse era geloso, non del marito, figuriamoci, ma di tutti i "movimenti extra" della Clara, che ci voleva poco a conoscere, lo sapevano tutti. Compresa la figlia, la Marcella, che, a complicare ancora di più la storia, se proprio lo vuol sapere, aveva un debole per il Giorgio. Un cinema, commissario, mi creda, un vero cinema!

– Allora si divertiva senza pagare il biglietto. Ma lasciamo stare le battute, qui purtroppo siamo di fronte a una brutta faccenda, una persona è morta, nel modo peggiore. A proposito, quando è successa la disgrazia, per caso lei era di vedetta alla sua finestra?

Stranamente, Mariuccia Morimondo ebbe un attimo di incertezza, e non proruppe nel solito baldanzoso fiume di parole.

– Allora, signora era alla finestra l'altra sera?

– Sì e no, c'ero e non c'ero. Ci sono stata, ma non sempre, e poi era tardi, molto buio e pioveva. Però...

– Però? – incalzò il commissario.

– Però, qualcosa ho visto, anche se non molto bene. La Clara era fuori sul ballatoio, stava fumando, l'ho capito dalla brace della sigaretta. Ma non era sola, c'era qualcuno con lei e mi sembra, mi sembra ripeto, che i due stessero litigando. Poi, questo qui, – e indicò quel povero tapino del marito – mi ha chiamato, mi sono voltata per sentire che cosa voleva, e lui mi ha chiesto di fargli una camomilla. "Non puoi aspettare un po'?" gli ho detto. Volevo vedere la fine della scena al quarto piano, diamine! Giusto il tempo di tornare alla finestra e sul pianerottolo non c'era più nessuno, ma ho sentito un urlo da levare la pelle, l'ho sentito anche con la finestra chiusa, perché, non faccio per vantarmi, le mie orecchie funzionano ancora perfettamente. Esco, guardo su e poi giù e vedo una figura umana stesa in cortile sotto la pioggia. Ho pensato subito che fosse la Clara, dato che era sparita dal ballatoio.

– Anche la figlia, Marcella, rientrata proprio in quei momenti, ha detto di non aver visto nessuno, – fu il commento del commissario, che cercava di mantenere la calma, e quasi non credeva alle sue orecchie.

– Ma qualcuno pochi attimi prima c'era, l'ho visto benissimo, glielo posso giurare. Intendiamoci, ho visto benissimo un'ombra alta, probabilmente un uomo, ma di più non potrei dire, tanto meno di averlo riconosciuto o di poterlo riconoscere adesso se mi si presenta davanti. L'avrà buttata lui in cortile, anche perché la Clara non era il tipo da buttarcisi da sola!

– Non corra troppo con la fantasia, signora, si limiti a riferire quello che ha visto, per favore. Allora, ricapitoliamo, – riprese Arrigoni, che a stento nascondeva la sua eccitazione, pur faticando a volte a seguire la funambolica e disinvolta esposizione della donna – Lei ha visto due figure che litigavano al quarto piano: probabilmente un uomo alto non meglio identificato e certamente Clara Bernacchi. Poi si è assentata dalla sua posizione, ha sentito un urlo e ha visto giù in cortile i resti della povera signora. Giusto?

– Sì sì, una roba da brividi, mi creda, anche per una come me che ne ha viste di cotte e di crude, passando attraverso non una, ma due guerre! Poveretta la Clara, a me non era molto simpatica e trovavo scandaloso il suo comportamento, anche per la dignità della porta, ma finire così...

La vecchia Morimondo mostrava per la prima volta, non diciamo un'emozione, ma almeno un minimo di umanità. Dopo un veloce e significativo sguardo d'intesa con i suoi uomini, il commissario decise che l'interrogatorio poteva ritenersi concluso.

– Signora, prima di tutto, complimenti per il suo spirito di osservazione – disse Arrigoni senza ironia. – Terremo conto di tutto quanto ci ha riferito, la sua deposizione potrebbe dare una grossa mano alle nostre indagini. Grazie per essere venuta. Se avremo ancora bisogno di sentirla, la avviseremo. E grazie anche a lei, signor Gianni, non ho nulla da chiederle, può andare. Di Pasquale, accompagna i signori.

– Ma si figuri, non si disturbi, giovanotto, conosco la strada, – reagì la vecchia signora. – Buona sera a tutti, mi è piaciuto parlare con lei, commissario. Ha l'occhio sveglio di uno che sa guardare lontano. Gliel'avevo detto che le avrei raccontato delle cose interessanti, visto? E non si preoccupi, se mi salta in mente qualcos'altro, vengo subito a trovarla, anche senza bisogno di convocazione. Arrivederci. Dài, muoviti Gianni, ti devo portare in braccio?

Usciti i due vecchi coniugi, esplose la prima reazione, quella di Mastrantonio che, rinunciando al suo solito atteggiamento negativo, proruppe in un fragoroso:

– Commissario, la vecchia le ha tirato fuori un asso dalla manica, con quell'ombra "probabilmente" maschile sul ballatoio! Deve offrirle un pranzo in trattoria, a lei e a quel rimbambito di suo marito.

– Caro Mastrantonio, qui non ci sono assi nella manica. Stiamo raccogliendo il risultato della nostra perseveranza, della decisione di non starcene comodamente seduti sulla scontata ipotesi del suicidio. Ma non esageriamo con l'entusiasmo, ancora non ci siamo. Abbiamo fatto un grosso passo avanti, ma per arrivare a tirare delle conclusioni definitive ce ne vuole, altro che se ce ne vuole! L'importante è che il seme del dubbio abbia attecchito, comincia a crescere una pianticella che speriamo dia i suoi frutti.

In effetti, il fatto che la Morimondo avesse visto un'ombra (maschile?) altercare con la defunta dava ufficialmente spazio a quelle ipotesi che Arrigoni già da tempo aveva formulato, praticamente al buio, con il solo conforto iniziale del tanto ricordato urlo della vittima, e di qualche notizia e pettegolezzo sulla personalità e le attività della stessa.

– È arrivato il momento di aggiornare lo stato dell'arte della nostra indagine. – riprese. – Senza ripetere alla noia cose già dette e stradette, il quadro generale che abbiamo di fronte si è arricchito di molti nuovi elementi. Che, secondo me, ci portano a queste considerazioni. Di Pasquale, prenda blocco e matita e scriva:

1) La figura di Clara Bernacchi si presenta ora con caratteristiche che nemmeno potevamo immaginare all'inizio dell'inchiesta. Certo, una donna piacente, estroversa e molto autonoma. Ma dietro questa apparenza sotto gli occhi di tutti, si nascondeva ben altro. La nostra Clara, infatti, non si limitava a tradire il marito senza alcun ritegno, cosa già di per sé biasimevole, ma ricavava anche lauti guadagni dalle sue attività extraconiugali. Come se ciò non bastasse, si dava pure da fare per reclutare nuove fanciulle da avviare alla "professione", come la bella Luciana Verticale e chissà quante altre, certamente ricevendo una ricca percentuale sulle loro prestazioni. Non si spiegherebbero altrimenti le ripetute insistenze per convincere Luciana a imboccare quella strada. Un ritratto molto edificante, non c'è che dire!

2) Non paga di questo, l'instancabile Clara non stava con le mani in mano nemmeno in via Tadino. Dove, a parte i trascorsi del passato accennati dalla Morimondo, quasi sicuramente aveva una relazione con Giorgio Rossi, il

giovanissimo studente, suo cosiddetto "allievo di chitarra". Già qualche indicazione in tal senso ce l'avevano data la portinaia e la Verticale, ma le dichiarazioni clamorose della cara Mariuccia sugli sfrontati baci sulla bocca davanti al mondo intero chiudono definitivamente la porta a ogni dubbio.

3) Il suddetto Giorgio Rossi, oltre a essere preso da passione per la madre, che incontrava praticamente tutti i giorni, era anche intimo amico, quanto intimo è ancora da stabilire, della figlia Marcella. Che, a sua volta, non a caso spesso si accapigliava con la madre. Solo per rivendicare la sua indipendenza e criticarne la condotta poco esemplare? O non anche per violente crisi di gelosia? Anche per questo nuovo angolo di visuale dobbiamo ringraziare soprattutto l'ineffabile signora Morimondo.

4) Infine, e direi soprattutto, sappiamo anche che quasi certamente e potremmo togliere tranquillamente il quasi, poco prima di morire la donna ha incontrato qualcuno. L'ha incontrato sul ballatoio, mentre fumava, e pare che fra i due fosse scoppiata una bella lite, sempre secondo la Morimondo, di vedetta alla finestra. Purtroppo, al momento è la sola testimonianza che abbiamo e non completa come vorrei: per esempio, la signora ha sinceramente dichiarato che non sarebbe in grado di riconoscere la persona in questione. Accontentiamoci, si tratta comunque di una importantissima novità, tocca a noi scoprire il resto.

In tutta questa storia, il fatto più strano è che, dopo il volo mortale di Clara, il probabile assassino, chiunque fosse, è sparito nel nulla. Infatti, né la Morimondo né la rientrante Marcella hanno visto anima viva. Sembra quasi impossibile e ho la netta sensazione che la partita si stia giocando sul filo dei minuti, se non dei secondi. Perché questo tizio, o tizia, da qualche parte deve pur essere andato, porca miseria! A meno che qualcuno non ci nasconda qualcosa...

– Commissario, – intervenne Di Pasquale – a questo punto, è fondamentale sentire che cosa avrà da dirci Giorgio Rossi, che certamente non ha un ruolo secondario in tutta la faccenda!

– E bravo Di Pasquale, sono d'accordo! Ma mi riprometto anche di avere un nuovo colloquio con Virginio e Marcella Bernacchi. Perché, parliamoci chiaro, la teoria del suicidio fa ormai acqua da tutte le parti, per non dire che non ha più alcun senso. L'ipotesi almeno di un incidente provocato, se non di un omicidio, diventa sempre più probabile e attendibile. Non dimentichiamoci che l'egoismo e il cinismo della vittima potrebbero aver sparso intorno a lei abbastanza odio e risentimento da farne il bersaglio ideale di ritorsioni e vendette. Da parte di chi, è tutto ancora da scoprire. Ma, per non cantare vittoria prima del tempo, teniamo presente che, per il momento, abbiamo in mano solo una dichiarazione della Morimondo, che si è ben guardata dall'affermare di avere assistito a una violenta colluttazione o tanto meno a un omicidio. E adesso, signori, ditemi la vostra opinione, non fate parlare solo me.

– Volentieri, signor commissario – iniziò subito Di Pasquale, togliendo quasi la parola di bocca a Mastrantonio e procedendo nell'analisi con il metodo tipico di Arrigoni, che ormai aveva perfettamente assimilato. – Secondo me, non mancano persone che avevano buoni motivi per detestare la Bernacchi. E sono: a) il marito, che, nonostante la sua notoria docilità e sottomissione, si era senz'altro reso conto di essere diventato lo zimbello della casa, situazione non piacevole per nessuno e forse nemmeno per lui; b) Marcella che, oltre a non tollerare i comportamenti scandalosi della madre, vedeva come il fumo negli occhi la sua relazione con Giorgio; c) lo stesso Giorgio, per ragioni che al momento mi sfuggono, ma che viveva comunque un rapporto intenso e, a quanto pare, anche ambiguo e tormentato con la donna; d) il signor Rossi padre, al quale non andava certo a genio la relazione per lo meno imbarazzante del figlio con Clara.

Voglio infine far notare che tutti costoro erano, all'ora ics, abbastanza vicini alla vittima per poter agire e sparire immediatamente, inclusa Marcella, che non è garantito ci abbia detto la verità sui tempi del suo ritorno a casa.

– Caro Di Pasquale, – si inserì Mastrantonio – concordo con il suo ragionamento: se c'è un colpevole, va ricercato fra questi quattro, e io propenderei per il marito, il povero Virginio. Cornuto sì, ma possiamo anche immaginare quanto esasperato. Fino al punto di avere un soprassalto di dignità e uno scatto d'ira criminale, perché no? E aggiungiamoci pure l'eventuale scoperta di una gravidanza della donna, ancora una volta senza il suo... contributo.

– Sono buone deduzioni, complimenti a tutti e due, ma vi vorrei invitare a non arrivare subito alle conclusioni. Ci mancano ancora molte, troppe informazioni, compresa la verifica degli eventuali alibi.

Per tornare al vostro elenco, una che avrebbe, a livello teorico, più di un motivo per togliere di mezzo Clara è senz'altro Marcella. Figlia illegittima (lo sapeva?), ferita nell'orgoglio e nella reputazione dai comportamenti materni, rivale perdente in amore... Durante il nostro colloquio, non è riuscita a nascondere una violenta avversione verso la madre, nemmeno a pochi minuti dalla sua morte.

In quanto alla possibilità di mettere in atto un progetto criminoso, Marcella è l'unica che si sa per certo essere stata in zona al momento dell'accaduto, per sua stessa ammissione. C'è però da dire che se l'ombra intravista dalla Morimondo era effettivamente quella di un uomo, Marcella, pur essendo molto alta di statura, perde la qualifica di persona sospetta. Ma non quella di testimone reticente: potrebbe aver visto qualcosa o qualcuno e avercelo tenuto nascosto, anche se non si capirebbe perché. Infine, personalmente, tenderei ad escludere il Rossi padre, il movente è troppo debole e tirato per i capelli.

Mi è anche venuta la tentazione di aggiungere alla lista uno sconosciuto, qualcuno che conosceva la vittima, ma non un inquilino dello stabile. Non mancano possibili candidati, viste le molteplici attività della vittima: un esponente del mondo della prostituzione libera, cioè al di fuori del giro delle case chiuse, per motivi di invidia, invasione del territorio, mancato rispetto di qualche regola non scritta; oppure un amante deluso da qualche sgarbo della donna. Chiunque fosse, ha commesso il crimine, si è nascosto nel solaio, dove la porta è sempre aperta, e poi si è dileguato al momento più opportuno. Un'ipotesi suggestiva, che però tenderei a scartare, salvo riprenderla in considerazione se non avremo niente di meglio. Infatti, questo fantomatico personaggio nonché assassino, quando avrebbe potuto andarsene dalla casa, dal momento che, dopo il fatto, il cortile e le scale erano pieni di gente, noi compresi? E anche se fosse rimasto ad aspettare la notte, come poteva lasciare la casa, se il portone d'ingresso è sempre chiuso? Per non parlare della possibilità di essere notato, se non riconosciuto, se frequentatore della Bernacchi – mentre parlava, una lampadina si accese improvvisamente nella sua testa, prospettandogli una virata di 180 gradi, un punto di vista del tutto nuovo, una pista sconcertante, ma dannatamente possibile. Preferì tenere per sé questa idea e continuò:

– Dunque, se escludiamo estranei alla casa e torniamo al nostro precedente elenco dei sospetti, dobbiamo sforzarci di immaginare come ognuno di loro avrebbe potuto commettere il crimine senza essere colto sul fatto. Niente di più facile per il giovane Rossi, che poteva rientrare in casa in un minuto. A questo proposito, molto ci dovrebbero dire i genitori, che, se è lui il colpevole, lo avrebbero visto o sentito rientrare proprio subito dopo il salto nel vuoto della donna. Anche il signor Virginio avrebbe avuto tutto il tempo necessario per buttare giù la moglie senza essere visto: in casa c'era solo la figlia piccola, però febbricitante e mezzo addormentata, che non si sarebbe accorta di nulla. Faremo ancora dei controlli, ma io francamente sono propenso a credere che lui non c'entri: troppo debole e innamorato o comunque in soggezione di fronte alla moglie, nonostante tutto. No, no, Virginio non lo avrebbe mai fatto, non ne sarebbe stato capace neanche se avesse saputo che lei era nuovamente incinta di un altro.

Se tutto questo è vero, se ne deduce che l'unico serio indiziato che abbiamo è in questo momento Giorgio Rossi, sempre se non prendiamo in considerazione l'ipotesi di un "uomo misterioso" e ci togliamo i dubbi residui su Marcella – l'uomo misterioso in realtà Arrigoni ce l'aveva in testa, con nome e cognome, ma preferiva ancora mantenerlo, appunto, misterioso e concluse – Dopo il colloquio con Giorgio Rossi, forse avremo le idee più chiare.

– Commissario, sono le quattro meno un quarto, posso occuparmi di una commissione personale, mentre aspettiamo l'arrivo del ragazzo? – chiese Mastrantonio.

– Faccia pure, Mastrantonio.

Uscito il suo vice, chiese a Di Pasquale di mettere in ordine le carte delle ultime deposizioni e si chiuse nella sua stanza. Chiamò il vicequestore, e lo mise al corrente del prosieguo dell'indagine, che stava orientandosi decisamente verso una soluzione alternativa al suicidio.

– Se è così, complimenti per il suo intuito, Arrigoni, – fu il commento del dottor Respighi, – proceda come crede. E si prenda tutto il tempo che riterrà necessario. Fortunatamente, la stampa non ci tiene troppo gli occhi addosso. Sono tutti convinti che si sia trattato di un suicidio e si divertono ad addentrarsi nelle congetture più strampalate, tanto per riempire un po' di spazio, come avrà letto anche lei sui giornali.

Compiaciuto per l'apprezzamento del vicequestore, Arrigoni si preparò a quello che pensava fosse l'interrogatorio più importante della giornata, pur senza nulla togliere alla Morimondo: una persona, finalmente, che aveva avuto stretti rapporti con la vittima, e con buone probabilità, in linea teorica, di essere stato l'assassino. A meno che, a meno che l'"uomo misterioso"...

Approfittò della pausa per aprire la finestra e purificare l'aria viziata dal suo sigaro e, soprattutto, dalle perfide sigarette della Morimondo. Mentre sorbiva l'ennesimo caffè, consultò il suo quaderno degli appunti, sottolineando alcune frasi. Stava per chiuderlo, quando aggiunse, scritto a lettere cubitali, nome e cognome dell'uomo misterioso, che solo lui conosceva, seguito da un gigantesco punto di domanda. Soddisfatto, bevve un bicchier d'acqua, si diede una veloce pettinata e si riaccomodò in poltrona, pronto a incrociare le armi col prossimo avversario.

11

L'aspetto di Giorgio Rossi corrispondeva perfettamente alle descrizioni dei vari testimoni. Alto almeno un metro e ottanta, fisico da atleta, una bella faccia dai lineamenti regolari, tanto che poteva permettersi una pettinatura "alla mascagna", così detta dal nome del compositore Pietro Mascagni, quello della *Cavalleria rusticana*, che ne aveva lanciato la moda: capelli pettinati completamente all'indietro, senza riga, tirati e fissati con una buona dose di brillantina.

Il ragazzo, a parte un forte pallore del viso, non mostrava segni palesi di agitazione.

– Buonasera, signor Rossi. Non le starò a dire il motivo per cui l'abbiamo convocata, la morte della signora Bernacchi ci ha costretto a importunare tutta la casa. Come saprà, già abbiamo incontrato i suoi genitori – preferì subito ricordare Arrigoni, ritenendo che l'argomento fosse già stato affrontato in famiglia. – Ora è il suo turno. È bene dirlo subito: ci risulta che lei frequentasse assiduamente le due donne di casa Bernacchi, madre e figlia. È corretto?

– Sì, con la Marcella siamo amici da tanti anni e continuiamo a vederci, soprattutto per motivi legati alla pallacanestro. Ne siamo tutti e due appassionati, a volte andiamo assieme a vedere l'Olimpia Borletti. E spesso la seguo quando gioca nella sua squadra, la formazione giovanile della Standa.

– Lei, invece, non gioca più?

– Solo per passatempo, qualche partitella fra amici. Non ce la faccio ad allenarmi seriamente, fra l'università, lo studio e qualche lavoretto per mio padre.

– E poi c'è l'impegno per le lezioni di chitarra… – buttò lì sornionamente il commissario. – Anche quelle richiedono del tempo, soprattutto se sono frequenti e intense.

– Dato che lo sa già, non vedo perché negarlo. Sì, la signora Clara mi aveva proposto di darmi delle lezioni gratis e io avevo accettato. Che c'è di male? A me piaceva e lei era una brava maestra. Stavo già risparmiando per comprarmi una chitarra, invece di dover usare sempre la sua.

Il ragazzo, tutt'altro che stupido, evidentemente si era ben preparato, immaginando i temi che avrebbe dovuto affrontare nell'interrogatorio. "Vediamo se te la cavi anche con il resto", pensò Arrigoni, e riprese, sempre con fare bonario e amichevole: – Sarò franco con lei. Mi lasci dire che è un po' difficile accettare l'idea che fosse necessario incontrarsi quasi tutti i giorni per delle lezioni di chitarra. A meno che i vostri rapporti non fossero solo di natura… musicale.

Contrariamente alla Verticale, Giorgio Rossi non cadde nella trappola, e rispose prontamente.

– Commissario, mi scusi se mi permetto di obiettare, ma non vedo che cosa c'entrino i rapporti tra me e la signora Clara con il suo suicidio. Lei ora purtroppo non c'è più, mi dispiace moltissimo, ma io che cosa posso farci se ha voluto farla finita?

– Se così è stato, ci interesserebbe almeno sapere perché l'ha fatto. E lei forse ci può aiutare. Sia gentile, risponda alla mia domanda.

– È vero, avevamo fatto amicizia, nonostante lei fosse molto più grande, mi piaceva starci insieme. Non era colta, ma simpatica e intelligente, moderna, sembrava molto più giovane della sua età.

– E piuttosto piacente... una bella donna, diciamo pure procace, libera e disinvolta. Insomma, il tipo giusto per far girare la testa agli uomini, anche molto giovani come lei.

L'autocontrollo del ragazzo cominciava a traballare: si sfregava le mani, sistemava un capello fuori posto, sfuggito alla brillantina, accavallava e scavallava le gambe. Movimenti automatici e inconsapevoli, che però tradivano l'effettiva tensione che lo attanagliava. Era il momento di spingere sull'acceleratore.

– Non giriamoci attorno, a noi risulta che fra lei e la Bernacchi ci fosse molto più di una semplice amicizia. Papale papale, avevate una relazione, insomma eravate amanti. È vero o no?

– Perché due persone si trovano insieme a suonare la chitarra, si sono simpatiche, devono per forza essere amanti? Poteva quasi essere mia madre...

– Appunto, ma forse era proprio questo l'aspetto intrigante ed eccitante della vostra relazione. La sua sana e bella freschezza da una parte e dall'altra una esperta, navigata *ars amatoria,* per citare quell'Ovidio che certo avrà studiato al liceo. Un bell'abbinamento, capace di fare scintille!

– Ma non è successo, mi spiace per lei.

– Senta, giovanotto – si fece più aggressivo Arrigoni, – non crederà che noi qui parliamo tanto per parlare. Eravate talmente dentro questa storia, che non stavate nemmeno attenti a nascondervi. D'altronde, Clara non teneva in alcun conto quello che pensava la gente e lei era troppo imbesuito, mi scusi se glielo dico, per rendersi conto di quello che faceva, e di quando lo faceva.

– La pregherei di moderare i termini, non sono un delinquente. E poi, che cosa avrei fatto di così terribile?

– Non terribile, ma stupido! Come baciare sulla bocca la sua matura amante sull'uscio di casa, davanti ai quattro piani di una ringhiera dove non si aspetta altro che scovare novità da trasformare in gustosi pettegolezzi! Ecco quello che faceva, che non è sfuggito a molti occhi – aggiunse, esagerando un po' il numero degli occhi – compresi quelli di Marcella, come lei dovrebbe sapere.

– Non so chi abbia visto che cosa, si sono inventati tutto o hanno preso lucciole per lanterne! E poi, non tiriamo in ballo la Marcella. Noi siamo solo amici e non vedo...

– Solo amici per lei, giovanotto, ma pare che Marcella volesse qualcosa di più dal vostro rapporto. E non digeriva il fatto che, oltre a comportarsi male di suo, la madre avesse anche messo gli occhi, se non le mani, sul suo beneamato!

– La condotta della signora riguardava solo lei e suo marito. La gente della porta può dire quello che le pare!

– Mi senta bene, mio giovane signor Rossi. Se preferisce, possiamo metterla a confronto con dei testimoni, compresa la sua amica Marcella. Non le conviene smetterla con queste manfrine e vuotare il sacco qui, adesso?

– Ma che sacco, forse qualche bacio può esserci scappato...

– "Qualche bacio può esserci scappato!" – il tono divenne brusco. – Bene, ho capito che non vuole collaborare. La interrogheremo davanti ai testimoni, ai suoi genitori e a Marcella. Di Pasquale, provveda a chiamarli e convocarli.

Aveva toccato il tasto giusto. Il giovane alzò bandiera bianca, era soprattutto terrorizzato all'idea di essere interrogato in presenza dei suoi genitori. Perché erano tempi in cui i genitori incutevano ancora rispetto, quando non paura... Depose dunque le armi e perse la guerra dei nervi, passando immediatamente a intonare un'altra canzone, quella giusta.

– No, lasciamo perdere, non è necessario coinvolgere nessun altro, le racconto tutto, per filo e per segno. Sapevo che la Clara era una donna dai costumi liberi e la cosa mi incuriosiva, anche perché lei non nascondeva una certa propensione nei miei confronti, da quando ho raggiunto un'età... abbordabile. Quando ci si incontrava, si presentava con abbigliamenti succinti, trovava sempre modo di sfiorarmi, come per caso, buttava là parole allusive, ci scappava sempre un abbraccio o un bacio sulla guancia un po' troppo prolungato e vicino alla bocca... Nell'ultimo anno, questi segnali si erano moltiplicati, a volte anche sotto lo sguardo sospettoso della Marcella, con la quale, lo ammetto, c'era stato qualcosa di più di un'amicizia, ma sempre roba da ragazzini.

Finché, un bel giorno, Clara si inventò le lezioni di chitarra. Lo disse prima a me, con uno sguardo inequivocabile. Non mi ero mai sognato di suonare la chitarra, ma l'idea di stare solo con lei mi eccitava da pazzi, così accettai, vincendo anche le perplessità dei miei genitori. Ci fu anche una bella litigata con la Marcella che, conoscendo sua madre, ne aveva forse intuito le effettive intenzioni prima di me.

Quando cominciarono le lezioni, capii subito come sarebbe finita. Stavamo in camera da letto, con la scusa che così non saremmo stati disturbati dai rumori del cortile e in casa non c'era nessuno, la bambina era sempre a giocare da qualche parte. Anche l'abbigliamento non era probabilmente quello più adatto a un'insegnante di musica: mutandine e reggiseno a malapena coperti da una vestaglietta trasparente. Dopo pochi giorni, un pomeriggio chiuse la porta a chiave e mi si buttò addosso. Non mi sono tirato indietro, anche perché, lo devo ammettere, non aspettavo altro! Da quel momento in poi, la chitarra era ormai un pretesto e la sua funzione puramente decorativa. Ero al massimo dell'esaltazione, non vedevo l'ora di stare con lei, anche per dei pomeriggi interi...

– Finalmente ci siamo! Siete diventati amanti e, mi sembra di capire, con sua grande soddisfazione. E da quanto andava avanti questa storia?

– Da qualche mese. Io avevo perso la testa, confesso che era la mia prima relazione sessuale, ero come in trance, sotto l'effetto di un sortilegio. Lei, però, continuava a fare i suoi comodi con altri uomini e me lo diceva pure, quando non ero diretto testimone dei suoi "inviti" a casa. Io l'avrei voluta solo per me, ma sopportavo tutto pur di non perderla, anche se a volte ci scappava qualche litigio. Ma a lei la mia gelosia, i miei rimproveri e le mie suppliche non facevano né caldo né freddo.

– Avete litigato anche la sera della disgrazia? – buttò lì Arrigoni, che sulla natura del rapporto non riteneva necessari altri approfondimenti.

– No, perché tutto era finito già da un bel po' di giorni. Il motivo, non so se c'entra o possa interessarle, però forse potrebbe spiegare...

– Che cosa sta cercando di dire?

– La Clara era rimasta incinta, ecco. Glielo aveva confermato un esame medico. E dava la colpa a me, perché ero l'unico con cui lei andava senza preservativo. Non so se fosse vero o no, ma me ne ha dette di tutti i colori, che non ero capace di stare attento e che si era stufata di frequentare un bamboccio irresponsabile che l'aveva messa nei guai. Ci avrebbe pensato lei a tirarsene fuori, ma per me la sua porta sarebbe rimasta chiusa per sempre, chitarra o non chitarra. Siamo quasi venuti alle mani e alla fine mi ha cacciato di casa. Ho fatto molti tentativi per tornare con lei, ma mi ha sempre respinto con una freddezza e un'indifferenza che mi facevano star male.

– La sera del 2 marzo non l'ha vista? Poco prima delle otto, era fuori a fumare sul ballatoio.

Un attimo di esitazione e imbarazzo più del dovuto fecero sì che il commissario lo incalzasse senza lasciargli tregua.

– Allora, Giorgio?

– Io ero andato al gabinetto, sono uscito e l'ho vista proprio mentre si accendeva una sigaretta. Ho fatto per avvicinarmi, ma ancora una volta mi ha mandato via in malo modo. Non ho insistito e sono rientrato subito in casa. Dopo qualche minuto lei si era buttata e ancora non riesco a farmene una ragione. Ecco, vi ho detto tutto.

– E crede sia finita qui? Ma lo sa che potrebbe essersi cacciato in un bel pasticcio? Innamorato respinto senza troppi complimenti da una donna di cui già era geloso, che forse ha messo pure incinta, esce dal gabinetto, la vede sul ballatoio, le si avvicina, e dopo pochi minuti quella precipita in cortile. Si potrebbero trarre delle conclusioni non proprio positive per lei, considerata questa dinamica dei fatti, non crede?

– Ma commissario, non penserà che l'ho buttata giù io?! Sono rientrato subito in casa, non sono riuscito a stare nemmeno un minuto con lei! – la voce era sempre più tremante, le parole uscivano a fatica. Il povero Giorgio, con tutta la sua baldanza, rimaneva pur sempre un ragazzo.

– Questo lo dice lei, e lo verificheremo, ma non può negare che non le mancassero i motivi per vendicarsi della sua amica Clara.

– Ma non per ammazzarla! Non ho mai fatto male a una mosca, io! D'accordo che ero pazzo di lei, ma alla mia età hai ancora tutta la vita davanti per rifarti, perché avrei dovuto rovinarmi?

– Ha mai sentito parlare di delitto passionale? Può trasformare il più buono, innocuo e razionale degli uomini in uno spietato assassino. Ma non voglio arrivare a tanto, diciamo pure che potete avere litigato e uno spintone di troppo l'ha fatta cadere giù. Non sarebbe proprio un omicidio...

– Ma le ho detto che non mi sono nemmeno avvicinato! Se non mi crede, è inutile continuare, non posso ammettere di aver fatto quello che non ho fatto!

– Va bene, adesso si calmi. Prendiamoci una pausa. Di Pasquale, lo accompagni nella saletta gialla, gli dia qualcosa da bere e lo faccia aspettare lì.

La saletta gialla era un locale, dipinto appunto di giallo, adibito agli interrogatori, o a "stanza di decantazione" per persone troppo agitate. Vi venivano, inoltre, redatti i verbali degli interrogatori.

– Mi mettete in prigione? Ma è assurdo!

– No, non si preoccupi, la facciamo solo riposare un po'. Stia tranquillo.

Uscito il ragazzo, subito Mastrantonio prese la parola:

– Lo arrestiamo? Non possiamo lasciarlo andare a casa, quello ci scappa e non lo troviamo più!

– Lo arrestiamo su che basi? Un testimone, per di più una donna anziana un po' *sui generis*, ha visto un'"ombra" litigare con la defunta. Il ragazzo ci dice spontaneamente che è uscito dal gabinetto, la sera del fatto, ha visto la donna, ma non è riuscito nemmeno ad avvicinarsi. I genitori confermeranno senz'altro che è rientrato prima della caduta della Bernacchi. Non abbiamo in mano uno straccio di prova, chiedere un arresto in queste condizioni sarebbe pura follia.

– Allora, facciamolo confessare! Un po' di metodi bruschi, alla mia maniera, e vedrà se non crolla in quattro e quattr'otto.

– E quattro dodici. Non agitiamoci, per favore. E poi, senza voler arrivare subito alle conclusioni, le dirò che io non me lo vedo questo ragazzo ammazzare una donna così brutalmente, ad onta del fatto che il movente ce l'avrebbe avuto. È un tipo a posto, sportivo, e non ha l'aria dello squinternato. Certo, ha perso la testa per questa seducente "Circe della ringhiera", con gli annessi e connessi che sappiamo. Ma lo abbiamo torchiato ben bene, e non ne è uscito niente. Se davvero avesse commesso un delitto, non avrebbe resistito, non è un criminale incallito abituato agli interrogatori, avremmo già ottenuto la sua confessione. Mi fido del mio istinto e lo rimando a casa. Adesso sono le cinque. Lo accompagni lei, Mastrantonio, ma prima telefoni e si accerti che siano presenti padre e madre. Se il padre non c'è, lo faccia rientrare. E poi interroghi entrambi i genitori, uno per volta, sulle mosse del figlio quella sera. Faccia domande precise, e veda se la loro versione corrisponde a quella di Giorgio. Senza spaventare nessuno, non ce n'è bisogno. Lasci anche perdere ogni accenno alla storia con la defunta Clara: qui non c'è più niente da scoprire.

– Ma se emerge qualche contraddizione? I Rossi potrebbero coprire il figlio e non dire la verità.

– E lei se ne accorgerà, soprattutto interrogandoli separatamente, ma la verità già la conosciamo, mi creda. Inoltre, dato che è sul posto, convochi per domani mattina, qui in commissariato, Virginio e Marcella Bernacchi. La ragazza sarà ancora al lavoro, la Standa chiude alle sette e mezzo. Se non trova il Bernacchi a casa, lo vada a cercare ai Giardini Pubblici e gli consegni, con garbo, le convocazioni per lui e la figlia. Sentiremo prima lei, anche alle otto, così non perde ore di lavoro. E non le venga in mente di andare alla Standa, mi raccomando. Chissà che cosa penserebbero vedendo che la ragazza riceve la visita di un poliziotto e, mi scusi, ma lei "poliziotto" ce l'ha scritto sulla fronte! Ci vediamo qui domani mattina alle otto. Grazie.

– D'accordo... – rispose Mastrantonio, che non se la prese a male per la battuta sul poliziotto, forse lo riteneva un complimento. – Ma se non è stato Giorgio Rossi, e io non riesco a convincermi del contrario, chi diavolo è stato?

– È quello che dobbiamo scoprire. Ce la faremo, anche questa volta. Arrivederci, vada altrimenti viene troppo tardi.

Chiamò poi Di Pasquale, con il quale si intendeva molto meglio che con il suo vice, quel ragazzo intelligente e simpatico lo rilassava e stimolava al tempo stesso.

– Caro Di Pasquale, ha voglia di ragionare un po' con me, qui, in santa pace?

– Non aspetto altro, sono prontissimo.

– Prima di tutto, vorrei sapere qual è, adesso, la sua opinione su come si sono svolti i fatti. È sempre convinto anche lei che sia Giorgio Rossi il colpevole?

– Non so, certo ha tanti indizi contro, ma mi pare un bravo guaglione. Sì, è stato con la Bernacchi, che era molto più grande di lui, e pure madre di una sua amica. E che lo ha maltrattato, quando ha messo fine alla relazione. Ma, mettiamoci nei panni del ragazzo, a una certa età, è difficile resistere a offerte così invitanti… E questa Clara doveva essere un bel tipo…

– Parla per esperienza personale, Di Pasquale?

– Sì, ma non con la Bernacchi, non vorrei finire nella lista dei sospettati! Per tornare alla sua domanda, una volta tanto devo citare Mastrantonio, pur con tutta la simpatia per il mio coetaneo Giorgio Rossi: "Se non è stato lui, chi è stato?".

– Sto cercando di arrivarci, anche se mi mancano, purtroppo, prove concrete. Però, lavorando con la logica senza soffocare la fantasia, mi si sono aperti nuovi quanto imprevedibili scenari. Segua il mio discorso, parlerò con lei come se pensassi ad alta voce. Mi interrompa pure se qualcosa non le è chiaro, o se non è d'accordo.

Partiamo dall'elenco delle persone sospettabili: finora, non abbiamo cavato un ragno dal buco. Ci rimane sempre la bella Marcella, che interrogheremo nuovamente, ma, pensandoci bene, anche la sua candidatura presenta molti aspetti almeno discutibili. In primo luogo, se è vero che Clara aveva lasciato Giorgio, e lei certamente lo sapeva, viene meno il movente principale. Inoltre, fra un anno la ragazza sarà maggiorenne, ha un lavoro che può renderla economicamente autosufficiente e potrebbe benissimo decidere di andarsene a vivere fuori casa, abbandonando l'ingombrante madre, se ancora ci fosse. E poi, un suo eventuale omicidio richiederebbe una premeditazione di cui francamente non la ritengo capace. Che cosa fa? Attira la madre fuori, non si sa come (una telefonata?), la scaraventa in cortile e se ne entra tranquillamente in casa, dal padre e dalla sorellina? No, la cosa non mi convince e non è conforme nemmeno al racconto della Morimondo, che ricordiamocene, ha parlato di un'ombra "probabilmente" maschile.

Mi è anche difficile accettare l'idea che il reato sia stato commesso da uno sconosciuto, cioè da un estraneo alla casa, già ne abbiamo parlato. Porca miseria! no, tutto ci porta a cercare per forza fra gli abitanti dello stabile. E io un'idea ce l'ho, è già un po' che mi frulla in testa, non è ancora completamente delineata, mancano dei tasselli a completare il mosaico, ma mi sembra potrebbe stare molto bene in piedi, anche se apparentemente può lasciare perplessi.

– A chi sta pensando? Non riesco a immaginare, fra tutti quelli che abbiamo interrogato, un possibile omicida.

– Non si fermi alle apparenze, Di Pasquale, spesso sono ingannevoli. Se lo ricordi sempre. Allora, facciamoci questa domanda: c'è qualche altra persona, oltre a quelle che già sappiamo, che poteva avere motivi di rancore verso Clara Bernacchi? – Di Pasquale lo guardò con attenzione e stupore e scosse il capo – Io dico che c'è e sa chi è? (Pausa ad effetto.) È il marito di Luciana, Pino Verticale – lasciò che Di Pasquale digerisse la sua affermazione e continuò. – So che le può sembrare incredibile, ma ci pensi bene: un uomo che lavora come una bestia per non far mancare nulla alla sua bella moglie, un po' frivola e leggerina, e alla figlia. A un certo punto, si mette di mezzo Clara e gli sconvolge la vita: porta la moglie nelle sale da ballo, Luciana sta sempre più spesso fuori di casa, comincia a uscire anche la sera. E lui avrà pure notato dei cambiamenti nel modo di comportarsi della moglie. E soprattutto… nel modo di spendere: bei vestiti, scarpe nuove, profumi, il grammofono per Natale… Tutto con i guadagni di qualche ora di lavoro saltuario dalla sarta? Il Verticale sarà un tipo scorbutico e di poche parole, ma non mi sembra un fesso. E nemmeno un succube totale al limite del masochismo come Virginio, che la moglie girava e rigirava come voleva. Gli saranno venuti dei sospetti su quello che effettivamente la moglie faceva fuori di casa, potrebbe anche essere venuto a conoscenza di qualcosa, non so come…

– Ma allora perché non l'ha affrontata direttamente, dandole una bella lavata di testa e rimettendo le cose a posto? Grande e grosso com'è, può far paura anche se solo alza la voce. – intervenne Di Pasquale – O, se proprio doveva uccidere qualcuno, perché non ha ucciso lei? Non era mica Clara che gli metteva le corna!

– La sua osservazione è corretta, o meglio, lo sarebbe, ma lei sottovaluta il fatto che il Verticale ama sua moglie, l'ha messa su un piedistallo, è la sua piccola, deliziosa dea da adorare e proteggere. Che invece l'amica ha messo sulla cattiva strada. Lui conosce i suoi polli, anzi la sua pollastra: sa quanto Luciana sia influenzabile, superficiale e sensibile al lusso e all'eleganza. *Ergo*, Clara ha saputo toccare i tasti giusti, le ha cantato la canzone che lei, quasi senza esserne cosciente, voleva ascoltare e l'ha "traviata". Sparito il diavolo tentatore, tutto si sarebbe rimesso a posto e sarebbe tornato come prima, avrà pensato l'amareggiato e incattivito Pino, che si riprometteva di ottenere due risultati in uno: non perdere Luciana e riportarla sulla retta via.

Si tratta sempre di un'ipotesi, secondo me più che attendibile, ma... ci sono dei bei "ma" da superare. Per dirne una, si potrebbe obiettare che lo stesso scopo era raggiungibile anche limitandosi a delle minacce, senza ricorrere a misure più drastiche. È vero, ma non dimentichiamoci che dobbiamo fare i conti con la personalità della Bernacchi, che il Verticale ormai aveva imparato a conoscere: una sfrontata egoista, che non dava retta a nessuno e non aveva paura di nessuno. Senza trascurare poi il fatto che, ma questo lui non lo sapeva, l'"attività" di Luciana era sicuramente una lucrosa fonte di reddito per la donna.

Tutto torna a filare, no? Però, prima di prender per buona questa ricostruzione dei fatti, peraltro ancora senza prove a sostegno, dobbiamo porci un'altra domanda: è possibile che l'onesto Pino Verticale si sia trasformato improvvisamente in un criminale assassino? Si sarebbe tentati di rispondere negativamente, guardando alla sua vita di uomo probo e senza macchia. Ma attenzione, se il Verticale fosse il colpevole, ci troveremmo di fronte a un delitto passionale, anche se in forma indiretta. E noi sappiamo, caro Di Pasquale, che qui tutte le regole vanno a farsi benedire!

– Non fa una grinza, commissario. Ma come avrebbe fatto, il Verticale? E quando, senza essere visto da nessuno?

– Questo ancora non mi è chiaro. Ma uno spazio di manovra forse c'è... Se ricorda la sua deposizione, ha dichiarato di essere fuori casa, all'ora del fatto, per la precisione dal tabaccaio a comprare le sigarette e a bere un grappino. A che ora esattamente? Quando è veramente tornato in casa? Non posso che ripetermi: stiamo giocando sul filo dei minuti. Per venire a capo del *busillis*, devo incontrare nuovamente sia Luciana sia il tabaccaio, ma senza dare nell'occhio, in modo quasi casuale, per non far suonare campanelli d'allarme. Ecco perché non li incontrerò qui, con convocazione ufficiale, ma in via Tadino e lo farò domani mattina senza preavviso, non c'è tempo da perdere. Stringeremo il cerchio intorno al buon Verticale a sua insaputa, controlleremo le sue mosse, ne verificheremo le incongruenze, se ce ne sono. E solo quando tutto quadrerà, se quadrerà, andremo da lui. Sono pronto a scommettere due sanguis da Gino che, se è stato lui, è convinto di averla fatta franca. Vedremo...

– Scusi, commissario, ma se lei domani mattina è fuori, come facciamo con gli interrogatori del signor Virginio e di Marcella?

– Ci penserà Mastrantonio, con il suo aiuto. A proposito, non gli riferisca niente di quel che le ho detto, sono ancora elaborazioni senza prove, non vorrei si lasciasse sfuggire qualcosa. Siamo in un momento molto delicato, meglio tenere acqua in bocca con tutti! E per la conduzione degli interrogatori, vi lascio un appunto con alcune istruzioni.

Prese un foglio di carta e scrisse: "Gli ultimi punti che rimangono da chiarire sono: a) la conferma da parte dei genitori della versione data da Giorgio Rossi (interrogatorio effettuato oggi pomeriggio); b) un controllo formale, ma al minuto secondo, dei movimenti di Virginio Bernacchi quella sera; c) la certezza assoluta che Marcella, salendo verso casa, non abbia visto né incontrato nessuno, prima in cortile, poi sulle scale o sul ballatoio; va anche accertato che la ragazza non avesse in programma incontri con la madre, prima di cena (le ha telefonato? Fare presente che una semplice verifica da parte nostra lo può scoprire facilmente)".

– Ecco, così ci togliamo gli ultimi dubbi anche su Marcella, ma non credo salterà fuori niente di sconvolgente. Mi aspetto molto di più dalla mia passeggiata mattutina. Adesso possiamo andarcene a casa, che è ora. Ci vediamo domani, non so bene quando, ma penso nella mattinata stessa. Voi procedete pure con i Bernacchi. E lei tenga d'occhio il suo superiore, che non gli venga in mente di mettere qualcuno in prigione! Buona serata, Di Pasquale, e grazie per la pazienza con cui mi ha ascoltato.

– Commissario, sono io che la ringrazio. Come sempre, da lei c'è solo da imparare.

E dopo questa ennesima attestazione di stima da parte di Di Pasquale, Arrigoni uscì e si avviò verso la sua solita fermata del tram.

12

Fortunatamente, la mattina di mercoledì si presentava migliore delle precedenti. Marzo stava finalmente interpretando il suo ruolo di mese che prelude alla primavera e un timido sole faceva capolino fra le nuvole. La temperatura era fresca, ma non più gelida, tanto che il commissario, sceso dal tram verso le nove, decise di rinviare le conversazioni col tabaccaio e la Verticale e concedersi una passeggiata, approfittando della prima mattinata decente dopo settimane. Si incamminò verso l'inizio del corso e fece una sosta per una piccola "operazione nostalgia" nel locale dove lavorava Lucia quando si erano conosciuti. Nulla era cambiato al Caffè Roseto... a parte la cassiera, ora una arcigna signora che non ricordava nemmeno lontanamente sua moglie. Sorseggiò con un po' di emozione il caffè e continuò la sua passeggiata.

Arrivato quasi in piazza Oberdan, si concesse un'altra divagazione. Non tanto per posticipare gli incontri (non vedeva l'ora di cominciare, ma sapeva tenere a freno l'impazienza), quanto per aspettare un'ora più decente e approfittarne per soddisfare una curiosità che da tempo voleva togliersi, ma che, per un motivo o per l'altro, curiosità era rimasta.

Si trovava davanti all'ingresso del palazzo di corso Buenos Aires numero uno, un imponente palazzo di cinque piani quasi all'angolo con piazza Oberdan e ne intravedeva il cortile interno, non molto grande e poco luminoso. Era la famosa Casa Luraschi, così chiamata dal nome del suo progettista, in possesso di due caratteristiche che ne facevano un edificio a suo modo unico nel panorama architettonico cittadino.

Per cominciare, Casa Luraschi, edificata verso la fine dell'Ottocento al numero uno di quello che allora si chiamava corso Loreto, era stata una delle prime costruzioni a infrangere una vecchia regola urbanistica milanese, la cosiddetta "servitù del Resegone". Secondo questa norma, che riguardava però solo gli edifici nella parte nord della città, era vietato erigere costruzioni che superassero i due-tre piani, arrivando così a un'altezza tale da non permettere la vista del Resegone, monte del Lecchese famoso soprattutto per una citazione manzoniana. La seconda, singolare caratteristica la si scopriva entrando nel cortile. Qui, il ricordo manzoniano era esplicito. *In primis*, svettava nel cortile la linea slanciata di alcune splendide colonne autentiche del Seicento, all'epoca inserite all'interno del complesso del Lazzaretto. Guardando invece in alto, verso il cornicione, si potevano ammirare dodici grandi medaglioni, ognuno dei quali conteneva il busto statuario di un personaggio del romanzo. Arrigoni si divertì a riconoscere Lucia, Renzo, fra' Cristoforo, Agnese, don Rodrigo... totalizzando alla fine un bel 12 su 12!

Soddisfatto, si diresse verso l'uscita, ripromettendosi di fare quanto prima un'altra visita storico-letteraria nella zona. Per la precisione, alla piccolissima chiesa di San Carlo al Lazzaretto, detta San Carlino, in uno slargo lungo viale Tunisia, fatta costruire dal cardinal Borromeo all'epoca della peste del Seicento. Un vero gioiello e un'autentica rarità, essendo l'unico edificio del Lazzaretto sopravvissuto alla impietosa e selvaggia speculazione edilizia che, sempre verso la fine dell'Ottocento, aveva spazzato via ogni traccia di un ampio spazio architettonico che testimoniava un'epoca così importante nella storia della città.

Di buonumore per la piacevole variante al programma, acceso un toscano, tornò sui suoi passi, dirigendosi verso via Tadino. Stava ancora pensando chi interrogare per primo, quando arrivò davanti al portone, accolto da un cordialissimo saluto della custode, la preziosissima signora Anna. Rifiutata l'ennesima offerta di un Vov, chiese se Luciana Verticale era in casa e, a risposta affermativa, si avviò verso le scale. Dopo qualche minuto, suonò il campanello dell'appartamento al terzo piano e gli si presentò davanti la bella Luciana, in perfetto ordine nonostante l'ora mattutina, ma con il viso segnato di chi non ha dormito molto e bene. Evidentemente, la confessione delle sue malefatte aveva avuto i suoi effetti. Ma la giovane donna non poteva immaginare che, probabilmente, i suoi guai erano solo all'inizio. Lo invitò ad entrare.

– Si accomodi, signor commissario. Mi scusi per il disordine, ma stavo facendo i mestieri di casa. Mi ha trovato per miracolo, di solito a quest'ora sono già a fare la spesa.

– Scusi lei se non l'ho preavvertita, ma ero già per strada e ho preso una decisione improvvisa.

– Non si preoccupi, sono a sua disposizione. Deve ancora chiedermi qualcosa?

Arrigoni cercava le parole giuste che gli permettessero, nel contempo, di sapere quello che gli interessava e di non suscitare sospetti o apprensioni nella donna. A suo vantaggio, giocava il fatto che la giovane non era tanto perspicace quanto bella.

– Sì, ma questa volta la disturberò per poco, mi devo solo rinfrescare la memoria. Mi spiace tornare sul brutto momento di quella sera… ma, per cortesia, mi vorrebbe ripetere quello che ha visto e sentito, prima e dopo il momento in cui la signora Clara è caduta nel cortile?

Forse rinfrancata dal fatto che non si trattava di ulteriori domande sulle sue avventure extraconiugali, la donna rispose molto tranquillamente.

– Come le ho già detto, ero sola in casa e non ho sentito nulla, stavo ascoltando delle canzoni al grammofono. Ho saputo da mio marito quello che era successo, me lo ha detto quando è rientrato dopo essere stato dal tabaccaio.

– E quando è tornato? – buttò lì con noncuranza il commissario.

– L'ora precisa non la so, ma senz'altro poco dopo che la Clara era morta.

– Avete commentato il fatto?

– Più o meno... eravamo tutti e due sconvolti, anche il Pino che quasi non la conosceva e non gli era neanche molto simpatica, può indovinare il perché. Siamo usciti sul ballatoio, ma non ce la facevo a guardare giù.

– E dopo? – fu la superflua domanda successiva, fatta solo per sviare l'attenzione dalle precedenti.

– Siamo tornati in casa e basta. Volevo salire dal Virginio e dalle ragazze, per dare loro un po' di conforto, ma non ne ho avuto il coraggio.

La bambina, dalla stanza accanto, chiamò la madre, dando così ad Arrigoni un buon pretesto per andarsene. Aveva finito, la dichiarazione non aggiungeva in realtà nulla di nuovo e rilevante ma, oltre a far emergere per la prima volta l'antipatia dell'uomo per la Bernacchi, confermava, almeno in parte, la dichiarazione di Pino Verticale di essere rientrato "dopo" la morte della Bernacchi. Ma se si trattava di "poco dopo", non era forse un po' troppo presto per uno che veniva dal caffè-tabaccheria? Differenze troppo modeste e sottili per costituire un elemento probatorio. Arrigoni si augurò che la conversazione con il tabaccaio facesse luce su questo punto e spazzasse via concretamente gli ultimi dubbi.

Uscito dal portone, entrò nella tabaccheria. Subito, sulla sinistra, c'era la zona tabacchi, a seguire un bancone dietro il quale si trovavano la macchina per il caffè e, su una scaffalatura, diverse bottiglie di liquore. Si intravedeva anche il retro, al momento parzialmente nascosto da una porta semiaperta. Fu riconosciuto dal proprietario, Sebastiano Ventini, che gli chiese se poteva offrirgli qualcosa. Rispose che aveva già bevuto troppi caffè e non era ancora orario per altro.

– Piuttosto, sono qui per farle qualche domanda. È possibile? L'altra sera, eravamo tutti un po' di fretta...

– Certo, ci mancherebbe... Anzi, andiamo nel retro, stiamo più tranquilli, e ci sono anche un tavolo e delle sedie. Venga – e aggiunse, rivolto alla moglie – Carla, vado un momento di là con il commissario. Stai qui tu, non ti muovere.

Il retro era una stanza spaziosa e molto ben attrezzata, con un finestrone sopra la porta che dava sul cortile e un tavolo coperto da un panno verde e comode sedie intorno. Come molti siti del genere, spesso, a serrande abbassate, si trasformava in bisca clandestina per partite a poker o altri giochi proibiti, con denaro contante come posta. La polizia sapeva e non sapeva... Una scaletta a chiocciola conduceva invece in uno scantinato dove si trovavano tutte le scorte di prodotti, sigarette, bibite e liquori.

Accomodatosi su una sedia, Arrigoni meditò su come porre la domanda, volendo evitare un approccio troppo diretto.

– Lei era proprio in questa stanza, la sera in cui è successo il fatto, da qui ha sentito e ha dato l'allarme. C'era qualcun altro con lei, qui o al caffè. Si ricorda?

– Mi ricordo benissimo, anche perché più o meno sono sempre gli stessi, a quell'ora. Della casa, il signor Caligiuri, che preferisce il nostro espresso al caffè di sua moglie, il Cannavaccio per il solito cognac "originale francese, mi raccomando", e il Pino Verticale, che ha comprato un pacchetto di Nazionali e ha bevuto un grappino.

"Fin qui, tutto come previsto, adesso viene il bello", pensò Arrigoni incrociando le dita e continuò, ostentando la massima indifferenza:

– Erano tutti nel caffè, quando la Bernacchi è precipitata in cortile?

– Io, come ho detto, ero un momento nel retro, sono sicuro però che erano rimasti solo in due, perché il Verticale se ne era già andato da qualche minuto.

– Per cui ha comunicato lei la notizia al Cannavaccio e al Caligiuri? – precisò il commissario, calcando l'accento sui due cognomi e omettendo deliberatamente di fare riferimento al Verticale.

– Sì e sono usciti subito anche loro in cortile.

– La ringrazio molto, signor Ventini, ho finito di disturbarla. Se non le spiace, passerà di qui un nostro uomo per farle firmare anche questa deposizione. Ancora grazie per la sua disponibilità.

"Ho bisogno d'aria fresca", pensò appena uscito dal locale. Alla fine c'era arrivato, le dichiarazioni rilasciate dal Verticale sui suoi movimenti non corrispondevano con quanto realmente accaduto. Anche le dichiarazioni imprecise sull'ora del suo rientro a casa non avevano più importanza. Pino Verticale aveva lasciato il caffè prima della morte di Clara e non poteva aver avuto nessuna notizia in merito dal tabaccaio, per la semplice ragione che era già altrove. Il movente poi era grande una montagna, il caso poteva dirsi risolto, mancava ora solo una piena confessione del Verticale. Ciò nonostante, Arrigoni sentiva un forte senso di amaro in bocca, pensando alla fine che avrebbe fatto il povero Pino, un uomo ancora giovane, che non era un delinquente incallito, ma vittima a sua volta di una serie di circostanze, messe in moto da quella donna senza scrupoli della Bernacchi. E ancor più lo turbava il pensiero del futuro che aspettava la giovane moglie, così fragile e sprovveduta, con un marito in carcere e una bambina piccola da crescere. Già la notizia di quanto combinato dal marito l'avrebbe sconvolta due volte, per il fatto in sé e per esserne, in effetti, la causa scatenante. Che fine avrebbero fatto le due poverette? A volte, il raggiungimento della verità aveva conseguenze spiacevoli, ma così andava il mondo e non era colpa sua. Arrigoni tentava di divagare, ma nemmeno l'ennesima conferma delle sue capacità e intuizioni investigative riusciva ad allontanare o mitigare il suo pesante senso di disagio.

Rientrò in commissariato verso le dieci e mezzo. Mastrantonio e Di Pasquale avevano terminato gli interrogatori. Niente di nuovo, com'era logico aspettarsi. Nel pomeriggio del giorno prima, i Rossi avevano confermato al minuto secondo i movimenti del figlio. Quanto ai due Bernacchi, il povero Virginio non aveva saputo, e potuto, aggiungere altro alla sua precedente deposizione. E così Marcella, che, oltre ad affermare di non aver avuto alcun appuntamento con la madre, non si era per nulla contraddetta rispetto al primo interrogatorio. Ora che tutto gli era chiaro, Arrigoni rinunciò a ogni approfondimento in merito, sarebbe solo stata una perdita di tempo.

Dopo un distratto "bene, bene", stava ancora rimuginando fra sé e sé, quando gli arrivò alle orecchie la conclusione di Mastrantonio:

– Ed eccoci qui con il classico pugno di mosche. Ci conveniva prendere per buono il suicidio, il caso era già bell'e risolto. Adesso, chi andiamo a cercare? Tutti gli "amici" di Clara, sperando che qualcuno, per farci un piacere, confessi di averla ammazzata?

C'era una punta di soddisfazione nella sua voce, al pensiero che forse la sua prima impressione era quella giusta. In più, ora il suo "capo" non avrebbe saputo più che pesci pigliare.

Scambiando uno sguardo d'intesa con Di Pasquale, Arrigoni, nemmeno tanto seccato per l'uscita del suo vice (fino a quando? speriamo non ancora per molto!) pronunciò una semplice frase, senza trionfalismi:

– Non ce ne sarà bisogno, caro Mastrantonio.

– Cioè?

– Cioè, fra non molto andremo a interrogare il colpevole, che non potrà far altro che confessare.

– E chi è, se non chiedo troppo? – la sicurezza di Mastrantonio cominciava già a perdere colpi.

Momento di studiato silenzio e poi Arrigoni rispose:

– Giuseppe Verticale detto Pino, il marito di Luciana.

– Ma se quasi nemmeno la conosceva, non è possibile! – sbottò Mastrantonio, dando ancora dimostrazione della sua acritica testardaggine, non volendo accettare l'idea che ci fosse un colpevole. Dover poi riconoscere l'ennesimo successo del commissario capo non era per lui il massimo della vita!

Arrigoni gli lanciò una lunga occhiata prima di passare a esporgli quello che Di Pasquale già sapeva, aggiungendovi la parte finale, emersa nei colloqui della mattinata con Luciana e il tabaccaio.

– ... così, questa mattina ho avuto dal tabaccaio le conferme che cercavo. Pino, contrariamente a quanto ci ha detto, non era affatto al caffè quando la donna è morta. Lo ha invece lasciato ben prima, è salito al quarto piano e, ma questo ovviamente ancora non ce l'ha confermato nessuno, ha fatto fuori la Bernacchi, causa di tutte le sue disgrazie. Resta un solo punto che ancora mi sfugge: come faceva a sapere che l'avrebbe trovata fuori sul ballatoio a fumare? Non penso l'abbia notata casualmente e lì, su due piedi, abbia deciso di agire. Comunque, ce lo dirà lui stesso, quando lo interrogheremo.

– E allora convochiamolo subito – intervenne, con un improvviso impeto di efficienza Mastrantonio. – Di Pasquale, prepara l'atto e vai a consegnarglielo dove lavora, il Garage Mauri di via Lecco.

– Un momento, un momento. Mastrantonio, lei prima se ne sta seduto a sonnecchiare e un attimo dopo si mette improvvisamente a correre. Pensiamoci bene. Se le cose stanno come credo, è meglio non svegliare il can che dorme. Il Verticale non si sogna nemmeno che stiamo pensando a lui: metta che a mezzogiorno va a casa a mangiare e la moglie gli racconta che sono passato a farle altre domande... Questo strano interesse da parte nostra potrebbe disorientarlo, insospettirlo e portarlo o alla fuga o a qualche gesto sconsiderato. Concertiamo un piano d'azione a prova di imprevisti. Non vorrei nemmeno creare troppo trambusto al garage, ma questo sarà difficile evitarlo.

– Capo, non si farà scrupoli per uno che ha ammazzato una persona – fu l'intervento del vice. La comprensione umana non era il suo forte.

– Guardi, non commento nemmeno la sua uscita. Il Verticale è una brava persona che si è trovato in mezzo a una situazione che gli ha preso la mano e lo ha travolto. Comunque, con più o meno garbo, questa storia la dobbiamo concludere. Perciò, direi di andare al garage con una macchina, con me verranno Di Pasquale e un altro agente, con tanto di convocazione scritta. Ovviamente, senza lasciar intendere al Verticale che è sospettato di un omicidio, diremo che si tratta di una semplice verifica burocratica. Lo portiamo qui, come se nulla fosse, e lo interroghiamo. Ma facciamo in fretta, mi pare che al garage i meccanici lavorino fino alle dodici e mezzo, abbiamo ancora un'ora di tempo. Forza, Di Pasquale, azione!

13

Mezz'ora dopo, il commissario Mario Arrigoni entrava al Garage Mauri, scortato da Di Pasquale e dall'agente Esposito. Tutto avvenne senza incidenti. Pino Verticale accettò, senza creare problemi, di seguire i tre in commissariato per un nuovo interrogatorio, in tuta così com'era. Inutile dire che i colleghi meccanici e il titolare del garage, sbigottiti per lo spiegamento di forze, presero con un certo scetticismo le generiche spiegazioni delle forze dell'ordine, lasciandosi andare alle più sfrenate illazioni, in realtà non molto lontane dal vero. Un prelievo così ufficiale non era roba di tutti i giorni...

Seduto nella sala gialla, all'oscuro di tutto, Pino Verticale forse cominciava a pensare che si stava avvicinando la resa dei conti. Perché avrebbero dovuto richiamarlo, lui che la Bernacchi quasi non la conosceva? Si sforzava di mantenere la calma, anche se l'espressione chiusa e rigida del viso contrastava con la copiosa sudorazione delle mani e della fronte: il sudore è una delle manifestazioni più incontrollabili dell'essere umano, quasi come un tic.

Gli venne offerto un bicchiere d'acqua, che accettò e portò alle labbra con mano non del tutto ferma. Gli fu anche consentito di avvisare la moglie, tramite la portinaia poiché a casa non avevano il telefono, che non sarebbe rientrato per il pranzo a causa di un improvviso lavoro urgente in officina. Mario Arrigoni diede il via all'interrogatorio.

– Signor Verticale, lei è già stato qui per un interrogatorio, nel corso del quale ha risposto ad alcune nostre domande. Vorremmo che oggi ce ne desse conferma. Ecco perché l'abbiamo nuovamente convocata.

– Mi dica, signor commissario – rispose il Verticale, cambiando nervosamente posizione sulla sedia, che a malapena conteneva la sua notevole mole.

– Per riassumere in poche parole, lei ci ha detto di trovarsi al caffè, nel momento in cui è accaduto quello che sappiamo alla signora Clara Bernacchi. Anzi, ha anche aggiunto di esserne stato informato dal signor Ventini, il tabaccaio. Dopo di che, è tornato a casa da sua moglie. Ci conferma questa dichiarazione?

– Sì, certo – fu la risposta di un sempre più turbato Verticale.

– Peccato che non sia vero.

La secca e lapidaria reazione del commissario trovò l'uomo del tutto impreparato.

– Ma no, le assicuro...

– Non mi può assicurare niente, purtroppo. Perché il tabaccaio ci ha a sua volta riferito, senza ombra di dubbio, che lei ha lasciato il locale prima della morte della signora Bernacchi. Come ribadito anche dai signori Caligiuri e Cannavaccio, loro sì ancora presenti nel caffè – azzardò Arrigoni, ben sapendo però che un controllo sui due avrebbe solo portato ulteriori pezze d'appoggio alla dichiarazione del tabaccaio. – La conclusione è una sola: lei ci ha mentito. Allora, si decide a dirci che cosa è veramente successo quella sera, intorno alle otto meno un quarto?

Come molte persone inquisite, soprattutto se non sono delinquenti professionali o pazzoidi schizofrenici, davanti all'evidenza dei fatti anche Pino Verticale non resse alla tensione e crollò, scoppiando in lacrime. Faceva una certa impressione, per non dire pena, vedere quel gigante in tuta piangere come un bambino. Nessuno se la sentì di intervenire per sollecitarlo a rispondere. Di Pasquale gli passò un fazzoletto, persino Mastrantonio ebbe un attimo di solidarietà umana e gli offrì un altro bicchiere d'acqua. Ormai, si trattava solo di aspettare qualche attimo e l'uomo, senza bisogno di essere incalzato, avrebbe rilasciato una piena confessione. Infatti, tirato un lungo respiro e asciugatosi sudore e lacrime, cominciò a parlare.

– È vero, non ero al caffè quando lei è caduta in cortile, perché ce l'ho buttata io.

Silenzio. Nessuno si aspettava una frase così cruda e definitiva, ma Pino Verticale, quasi si fosse liberato di un peso, continuò, senza essere interrotto dai tre poliziotti.

– Non ne potevo più, quella donna stava distruggendo la mia vita e la mia famiglia. Tutto era cominciato con l'invito a Luciana ad accompagnarla nelle sale da ballo. Mia moglie nemmeno ci avrebbe pensato, se non l'avesse spinta la Clara. Sul principio, anche se non ero molto favorevole, lasciavo che la Luciana la seguisse in balera senza fare storie. Mi sembrava giusto che si prendesse qualche piccola evasione dal tran tran domestico, il sabato o la domenica pomeriggio. Ma poi cominciarono anche le uscite di sera, dopo mangiato, con le spiegazioni più assurde: dalla sarta a fare degli straordinari, oppure ad assistere a uno spettacolino della Clara con la chitarra in qualche locale... Tutte bugie, non ce la facevo più a sopportarle. Ho anche cercato di farglielo presente, senza fare scenate, ma lei continuava a ripetere che non faceva niente di male e che qualche svago innocente potevo anche permetterglielo. Non mi era nemmeno sfuggito che si era messa a spendere a tutto spiano: vestiti, scarpe, parrucchiere, persino il grammofono a Natale. Con che soldi comprava tutta quella roba? Regali della Clara, gli extra dalla sarta, sì, che lo raccontasse a qualcun altro, non sono mica pirla del tutto, stava succedendo qualcosa di brutto! Allora, ho deciso di vederci chiaro, io, direttamente, non potevo continuare a vivere ossessionato dai dubbi e dai sospetti. Per qualche sabato e domenica, sistemata la bambina da mia mamma, ho fatto il vostro mestiere, l'ho seguita, pedinata, piazzandomi fuori della "Stella d'oro" o del "Ragno d'oro", a seconda di dove andavano.

Immancabilmente, dopo un'ora o due, usciva dal locale in compagnia di uomini sempre diversi, che la caricavano in macchina. Io avevo preso in prestito un'auto dal garage e gli andavo dietro, fino a quando si fermavano ed entravano in una pensione, di solito una in via Vallazze, vicino a piazza Aspromonte. Avevo una rabbia! Che cosa faceva quella cretina? Stavo lì, istupidito dal dolore e dalla vergogna, chiuso nella macchina, fumando una sigaretta dopo l'altra. Aspettavo fino a quando lei non usciva con il suo... amico che la riportava alla balera. Avevo visto abbastanza, andavo a recuperare la bambina e me la portavo a casa. Poco prima dell'ora di cena, la sentivo ridere e scherzare sulle scale con la sua amica, fino al nostro pianerottolo. "A domani, ci vediamo, ciao!". Facevo fatica a non mettermi a piangere, ricacciavo indietro le lacrime, abbracciavo forte Lena, mia figlia, e cercavo di farmi coraggio. E anche se non era facile, facevo finta di niente, quando lei apriva la porta inondando la stanza con il suo profumo.

L'uomo riusciva a mantenere una dignitosa lucidità nell'esposizione delle sue sventure, nonostante l'evidente dolore che la rievocazione gli causava.

– Mi scusi se la interrompo, ma quante volte l'ha seguita? E ha scoperto sempre la stessa, diciamo, situazione, per quanto riguarda i movimenti di sua moglie? – intervenne con molto tatto il commissario, che provava un misto di compassione e comprensione per il povero Pino.

– Diverse volte, negli ultimi mesi. Ed era sempre la stessa storia, casa di qualche lui o pensione che fosse.

"La ragazza aveva un po' aumentato il numero delle sue avventure", non poté fare a meno di notare Arrigoni, mentre l'uomo, stropicciandosi le maniche della tuta, riprendeva:

– Non si poteva andare avanti così, dovevo fare qualcosa. E l'unica cosa da fare era parlare con la Clara, ero sicuro che fosse lei a istigare e convincere la Luciana, che già di suo è un tipo influenzabile e poco riflessivo. Da sola non ce l'avrebbe mai fatta a mettere in moto tutto quell'ambaradan.

– Viene logico chiederle perché non ne ha parlato con sua moglie, prima di rivolgersi a Clara, anche se poteva pensare che era lei l'ispiratrice dei suoi comportamenti.

– Ci avevo anche provato, ve l'ho detto. Ma come potevo prendere la cosa di petto, adesso che sapevo tutto? Volevo ancora salvare il mio matrimonio, perché, nonostante tutto, l'amavo e l'amo ancora. Come avrei potuto discuterne con lei? Le dicevo che mi ero umiliato a seguirla, a scoprire le corna che mi metteva, probabilmente a pagamento? E magari la riempivo di botte? Sarebbe finito tutto e non lo volevo. Decisi di affrontare il problema alla radice e mi rivolsi alla Bernacchi. Le telefonai, dicendole che avevo bisogno di parlarle, stando un po' sul vago, inventandomi che era per chiederle consiglio su un regalo che volevo fare alla Luciana. Se avesse saputo il vero motivo dell'incontro, mi avrebbe mandato subito a quel paese. Lei non era molto convinta, ma io insistetti, spiegandole che sarebbe stato solo per pochi minuti. Fui io a proporre di vederci sul ballatoio del quarto piano, poteva uscire con una scusa per un attimo. Lei, lo sentii dalla voce, dopo l'iniziale perplessità, si era incuriosita e capii che la divertiva il fatto che quel cornuto del Pino pensava pure di fare un regalo alla moglie e chiedeva consiglio proprio a lei! "La Luciana ha proprio bisogno dei tuoi regali!", deve avere pensato. Ma alla fine accettò di incontrarmi, la sera di giovedì verso le otto meno un quarto. Le assicurai che sarei stato puntuale.

– Lei già aveva in mente di ucciderla?

– No, proprio per niente, non ho mai nemmeno lontanamente pensato di arrivare a quello, davvero. Volevo solo farla ragionare, anche usando minacce e maniere forti, se necessario. Speravo che la capisse, e lasciasse perdere, tanto che cosa le costava? Lei poteva continuare la sua vita anche senza la Luciana (il buon Verticale non poteva sapere che Luciana era probabilmente anche una fonte di reddito per Clara).

Ad ogni buon conto, il giovedì, per non dare nell'occhio, mi comportai come tutte le altre sere: dopo mangiato, andai dal Ventini per comprare le sigarette e bere il solito grappino, mentre Luciana ascoltava la musica e metteva a letto la bambina. Ero nervoso, continuavo a guardare l'orologio e alle otto meno un quarto precise salii le scale e raggiunsi il ballatoio del quarto piano. In effetti, lei era lì, stava fumando. Io ero ancora in tuta, non avevo avuto il tempo e la voglia di cambiarmi.

Le dissi subito il vero motivo dell'incontro. Che la smettesse di portare in giro mia moglie, aveva preso una brutta strada e lei lo sapeva. "Chiamala brutta strada, finalmente si concede qualche sfizio, fa un po' di quella bella vita che tu, col tuo misero stipendio di meccanico, non potresti mai darle. E poi, che cosa vuoi da me? Diglielo a lei di smetterla di andare con gli uomini per soldi, sei tu suo marito, cornuto d'accordo, ma sempre suo marito. E adesso vattene e lasciami in pace. Non avrei dovuto accettare di vederti. Hai fatto il furbo, ma con me non attacca!". Sinceramente, non mi aspettavo che si comportasse così, con tanto disprezzo e cattiveria. Mi è venuto il sangue agli occhi, le sono saltato addosso, l'ho scossa, l'ho implorata di aiutarmi, ma niente, rideva e non aveva nemmeno paura. Quasi senza accorgercene, eravamo finiti vicino alla ringhiera, sotto la pioggia. Io la spintonavo, lei cercava di respingermi… non so come, ma a un certo punto devo averle dato una spinta più violenta delle altre, era minuta di fisico, la spostavo senza il minimo sforzo. È stato un attimo vederla andare oltre la ringhiera e precipitare. L'avevo buttata nel cortile e non me ne ero nemmeno accorto, tutto era durato un attimo. Mi sono subito reso conto della cosa tremenda che avevo fatto, ma non era mia intenzione ammazzarla, glielo giuro, volevo solo darle un avvertimento perché lasciasse stare mia moglie. – Senza urli e singhiozzi, con molta dignità, le lacrime scendevano sulle guance dell'uomo.

– Signor Verticale, in pratica lei vuol dire che, visto che la signora Clara non sentiva ragione, anzi la sbeffeggiava, l'ha aggredita e, nella colluttazione, nella lotta insomma, a causa sia della disparità di forze fra voi due, un gigante contro un passerotto, sia dello scarso riparo offerto dalla ringhiera, la donna ha finito per cadere in cortile – intervenne il commissario, con una pronta precisazione che chiaramente tendeva a minimizzare il gesto criminoso del Verticale.

Arrigoni si rendeva benissimo conto del fatto che non sarebbe stato compito di un commissario di polizia dare anticipatamente e spontaneamente un'interpretazione riduttiva di una confessione, ma la coscienza e la compassione, quando il caso lo richiedeva, anzi lo meritava, per lui a volte avevano la meglio sulla fredda procedura. Il suo era, evidentemente, un suggerimento, un tentativo volto ad alleggerire la posizione processuale del futuro imputato. Non era una tesi credibile al cento per cento, ma, se reggeva, l'omicidio passava da volontario a preterintenzionale, riducendo notevolmente la possibile entità della pena, in aggiunta alle circostanze attenuanti, che erano molte e che un buon avvocato avrebbe saputo giocarsi per rendere ancora meno pesante la condanna. I suoi due collaboratori, se si accorsero della manovra del commissario, non lo diedero a vedere.

– Sì, è stato così, ho già detto che non era mia intenzione ammazzarla.

– Posso anche crederle. Ma allora perché ha anche dato falsa testimonianza, dichiarando che al momento del fatto era ancora in tabaccheria e che ne era stato informato dallo stesso Ventini? Come poteva pensare di passarla liscia? Non c'è bisogno di leggere libri gialli per sapere che tutte le testimonianze vengono controllate.

– Non sono mica scemo del tutto, ho capito subito che poteva finire male per me. Ma per fortuna nessuno mi aveva visto, non c'erano testimoni, ero subito scappato a nascondermi dietro la porta del solaio, sentendo che qualcuno stava salendo le scale. Passata la Marcella, era lei che stava arrivando, sono tornato a casa. Chi mai mi sarebbe venuto a cercare? Anche se ero fuori di testa, capivo che era più facile e semplice credere a un suicidio, perché o percome fosse successo (Arrigoni non poté fare a meno di lanciare un significativo sguardo a Mastrantonio). Ma, tanto per evitare ogni possibile grana, ho pensato bene di dire che ero al caffè mentre lei cadeva. Chi mai doveva andare a controllare se proprio io avevo detto la verità e a contare i minuti dei miei movimenti?

– E invece, purtroppo per lei, abbiamo controllato e l'abbiamo incastrata, perché il diavolo fa le pentole, ma non i coperchi. – sproloquiò Mastrantonio, che era l'ultimo a poter pronunciare una frase del genere, visto come l'aveva pensata fin dall'inizio.

– E adesso che vi ho detto tutto, che cosa succede? Mi mettete in prigione? – riprese Pino Verticale.

– Eh, caro mio, direi proprio di sì, in attesa del processo, – intervenne Arrigoni, anche per evitare altre discutibili uscite del suo vice. – Prima, deve firmare questa deposizione. Di Pasquale, mi raccomando, atteniamoci strettamente alla versione fornitaci dal Verticale: insulti, colluttazione, conseguente caduta eccetera, comprese le false dichiarazioni dell'alibi – un colpo al cerchio e un colpo alla botte, dare meno peso alla parte più grave ed enfatizzare quella più veniale. Arrigoni, pur nel rispetto della legge e, in buona parte, della verità, non voleva infierire sul pover'uomo, che giudicava molto migliore della sua vittima. – Lei rimanga in questa sala con l'agente Di Pasquale, noi torneremo quando avrete finito. Venga, Mastrantonio.

I due uscirono e andarono nella stanza di Arrigoni, dove subito il commissario si accese un toscano, anche se l'ora di pranzo era già passata… a vuoto. Ma non se n'era accorto nessuno. Succede così, in polizia, quando ci si sente vicini alla conclusione di un caso, in particolare se con un finale così sorprendente.

Ma l'amaro in bocca non se ne andava, anche se la sua impercettibile(?) correzione della deposizione, se avesse retto in tribunale, probabilmente avrebbe fatto risparmiare all'uomo un bel po' di anni di carcere. Serviva anche un buon avvocato, che certamente né il marito né la moglie conoscevano. "Ci penserò dopo, prima devo liquidare Mastrantonio".

– Mastrantonio, io ora avviserò il vicequestore. Lei è bravissimo nella gestione delle nostre pratiche burocratiche, si occupi personalmente dell'arresto, della traduzione in carcere, chieda e si faccia firmare tutta la documentazione necessaria dalla Questura e dalla Magistratura. Naturalmente, dopo che il Verticale avrà firmato la deposizione con la confessione. Nel frattempo, potete trattenerlo nella nostra guardina provvisoria.

La guardina provvisoria era una piccola stanza, con branda, cesso e lavandino, dove venivano rinchiusi coloro che aspettavano di essere tradotti a San Vittore ed era molto utilizzata, perché non sempre le carte arrivavano tempestivamente.

Detto fatto, telefonò al vicequestore, informandolo della conclusione dell'indagine, ricevendo dal dottor Respighi una valanga di complimenti. Secondo lui, anche agli occhi dell'opinione pubblica, le forze dell'ordine ci facevano una gran bella figura. Era stato scoperto il colpevole di un omicidio, in un caso che si presentava come il più classico dei suicidi, a detta della stessa stampa, solitamente poco generosa con Polizia e Carabinieri quando le indagini si protraevano per più di due giorni.

Arrigoni ringraziò e, comunicando che la parte burocratica (che termine cinico per inquadrare l'arresto di un essere umano!) sarebbe stata seguita dal suo vice, salutò il superiore. Anche questa era fatta. Prima di andarsene, voleva controllare il testo della deposizione firmata. E aveva un altro compito da sbrigare, difficile e sgradevole, ma gli toccava, proprio perché l'indagine era terminata in questo modo, per merito suo o, a seconda dei punti di vista, a causa sua.

Chiamò la signora Anna, la portinaia di via Tadino e le chiese il numero di telefono di qualcuno che abitava al terzo piano. Telefonò ai Caligiuri e chiese loro se potevano gentilmente portargli all'apparecchio Luciana Verticale. Una volta avutala alla cornetta, la invitò a raggiungerlo subito in commissariato, era urgente. Si accertò che il marito fosse ancora lì. Aveva firmato la deposizione, che fu controllata attentamente per verificarne la corrispondenza alla versione concordata. Ora, mancava solo il trasferimento in carcere, che il commissario chiese di effettuare solo dopo il suo benestare.

Passarono alcuni minuti e una sempre bella ma stravolta Luciana varcò la porta della sua stanza e per Mario Arrigoni cominciò uno dei colloqui più tristi e penosi della sua lunga carriera in Polizia. Le riassunse il risultato delle indagini, senza nascondere nulla, pur cercando di essere possibilista sulla consistenza della pena. La giovane donna scoppiò in lacrime, lasciandosi sfuggire anche un timido rimprovero al commissario.

– Ma mi aveva detto che mio marito non avrebbe saputo niente! Mi ha imbrogliato!

– No, signora, – rispose dolcemente Arrigoni, ignorando l'accusa di non aver mantenuto i patti – lui sapeva già tutto per conto suo.

E le raccontò in sintesi anche questa parte della storia, così come l'aveva sentita dal Verticale stesso. Fra i singhiozzi, lei continuava a ripetere "È colpa mia, io sì che dovrei ammazzarmi! Adesso come facciamo io e la bambina senza di lui? Madonna, che disgrazia!". Mastrantonio non avrebbe perso l'occasione per buttarle in faccia un "Chi è causa del suo mal pianga se stesso", ma non era certo il caso. Lui cercò di consolarla, le offrì dell'acqua e le chiese se voleva incontrare il marito, prima che lo portassero a San Vittore, dal momento che si trovava ancora in commissariato.

– Mi vergogno, commissario, adesso che lui sa tutte le porcherie che ho fatto e va in galera per colpa mia. Mi odierà, come faccio a guardarlo in faccia?

– Signora, suo marito è stato e sta da cani, ma le vuole sempre bene e quello che ha fatto, anche se è molto grave, l'ha fatto solo per amor suo. Lo abbracci, ne sarà felice, vada, vedrà. E prima di tornare a casa, passi da me.

Chiamò un agente per accompagnarla dal marito. Non la seguì, non se la sentiva di assistere all'incontro, si sarebbe commosso e poi, in fondo, aveva anche lui, potrà sembrare assurdo, un vago senso di colpa. Forse perché sarebbe stata condannata una brava persona, un uomo ferito a morte negli affetti più cari, vittima di un gioco perverso condotto da un essere amorale come Clara Bernacchi. Ma trovare gli autori dei crimini era non solo il suo mestiere, ma soprattutto il suo dovere.

Chiamò subito l'avvocato Francarella, un penalista di prim'ordine, che riteneva particolarmente adatto al caso. Lo pregò, in nome della loro vecchia amicizia, di assumere la difesa del Verticale, riassumendogli brevemente la situazione e impegnandosi, per l'indomani, a fornirgli informazioni più dettagliate, *in camera caritatis*. Non voleva troppa pubblicità sul suo intervento, ma di Francarella si poteva fidare. Anche della sua promessa di non... calcare la mano sulla parcella.

Bussarono alla porta, era Luciana che, con gli occhi rossi per le lacrime, aveva appena lasciato il marito. Si erano abbracciati, lui non la detestava, davvero, "come diceva lei, signor commissario". Gli aveva promesso che lo avrebbe aspettato, si sarebbe trovata un lavoro e forse sarebbe andata a vivere con i genitori, per avere qualcuno che si occupasse della bambina. Arrigoni le diede numero di telefono e l'indirizzo dell'avvocato Francarella, comunicandole che era uno dei migliori avvocati penalisti di Milano e che era disponibile ad accettare la difesa di suo marito nel processo, accontentandosi anche di una parcella "speciale". Infine, i due si salutarono e, contrariamente a ogni logica aspettativa, Luciana Verticale ringraziò il commissario. Forse, cominciava a capire qualcosa...

A questo punto, Mario Arrigoni decise di andarsene. Non voleva assistere ad arresti ufficiali, vedere manette, furgoni cellulari, agenti della polizia carceraria. Non questa volta, almeno.

Si incamminò nell'aria fresca di quel bel pomeriggio di marzo. Erano le tre e mezzo. Chissà se Gino gli avrebbe fatto un paio di sanguis?

NOTA DELL'AUTORE

Questa prima indagine del commissario Arrigoni si svolge nella Milano del 1950. A questo proposito, vanno fatte alcune precisazioni.

I nomi delle vie sono autentici, così come quelli di cinema, teatri, "balere", grandi magazzini (la Standa), chiese, monumenti e la loro ubicazione.

Sono, al contrario, del tutto inventati nomi e indirizzi di ambienti strettamente funzionali allo sviluppo della storia, come negozi, bar, ristoranti, farmacie e studi medici. Così come non esiste uno stabile con indirizzo in via Tadino 17/a. Per quanto concerne il Commissariato Porta Venezia, questo si trova oggi in via Cadamosto, ma non ha mai avuto fra i suoi addetti gli investigatori protagonisti di questa storia, che sono puro frutto di fantasia. Altrettanto di fantasia sono i nomi e le caratteristiche degli altri personaggi e delle situazioni che li coinvolgono.

Del tutto corrispondenti alla realtà sono, invece, i fatti storici, politici, di costume e sportivi ricordati nel romanzo.

DELLO STESSO AUTORE
LA SECONDA INDAGINE DEL COMMISSARIO ARRIGONI

IV EDIZIONE

DARIO CRAPANZANO
Il delitto di via Brera
Milano, 1952
NOVITÀ
A SOLI
9€ 90
Dall'autore de Il giallo di via Tadino
I Tascabili
FRATELLI FRILLI EDITORI

NOVITÀ

Finito di stampare nell'ottobre 2012
DA GRAFICA VENETA S.p.A. – TREBASELEGHE (PADOVA)
PER CONTO DELLA FRATELLI FRILLI EDITORI srl – GENOVA
Printed in Italy